KB234941

한국문학 속의 명장면 50선

한국문학 속의 명장면 50선

고인환 엮음

초판 1쇄 인쇄 2008년 9월 1일   초판 1쇄 발행 2008년 9월 5일
펴낸이 | 고찬규   펴낸곳 | 도서출판 해토   편집 | 지태진, 방재원
등록번호 | 제10-2631호   등록일자 | 2003년 4월 16일
경기도 고양시 일산동구 백석동 1324번지 동문굿모닝타워 2차 807호
전화 | 031)812-7164~5   팩스 | 031)812-7166   이메일 goodhaeto@empal.com

ISBN 978-89-90978-71-4 03810

잘못 만들어진 책은 구입한 곳에서 교환해드립니다.

한국문학 속의 명장면 50선

| 고인환 엮음 |

|이청준|눈길 |박완서|환각의 나비 |양귀자|한계령 |김승옥|무진기행 |서정인|강 |황석영|삼포 가는 길 |이문구|우리동네 황씨黃氏 - 으악새 우는 사연 |조세희|난장이가 쏘아올린 작은 공 |이효석|메밀꽃 필 무렵 |이 상|날개 |김종광|경찰서여 안녕 |송기원|아름다운 얼굴 |김연수|스무 살 |이재웅|그런데, 소년은 눈물을 그쳤나요 |박민규|갑을고시원 체류기 |채만식|소년은 자란다 |황순원|학 |최인훈|광장 |김원일|어둠의 혼 |김소진|쥐잡기 |김윤영|타잔 |김하기|미귀未歸 |전성태|강을 건너는 사람들 |정도상|함흥·2001·안개 |홍석중|황진이 |최 윤|회색 눈사람 |공지영|무엇을 할 것인가 |김남일|영혼과 형식 |이인휘|내 생의 적들 |신경숙|풍금이 있던 자리 |윤대녕|은어낚시통신 |은희경|새의 선물 |구효서|깡통따개가 없는 마을 |정미경|장밋빛 인생 |성석제|재미나는 인생 1-거짓말에 관하여 |하성란|곰팡이 꽃 |안도현|연어 |정지아|풍경 |심윤경|토토로의 집 |이명랑|까라마조프가家의 딸들 |이혜경|피아간彼我間 |이인화|시인의 별 |김탁환|진눈깨비 |김 훈|자전거 여행 |윤성희|누군가 문을 두드리다 |김애란|달려라, 아비 |이기호|할머니 이젠 걱정 마세요 |방현석|존재의 형식 |김재영|코끼리 |박범신|나마스테

하도

존재론적 의미를 지니든 사회·역사적 의미를 지니든, 문학은 본질적으로 '결핍'을 채워 넣으려는 욕망의 발현이다. 이 결핍의 흔적을 포착하는 작업은, 현실과 꿈, 모방과 창조, 정착과 유목, 사실과 허구 등의 공간을 가로지르는 삶의 긴장된 무늬를 감상하는 기회, 즉 '현실 속에서 현실 너머를 꿈꾸는' 문학의 운명과 만나는 떨림을 동반한다.

이 떨림이야말로 진부한 현실을 견디는 동력이 아닐까 싶다. 여기에 실린, 설렘과 두려움이 공존하는 장면들 또한 결핍의 현실을 곱씹고 그 너머를 꿈꾸는 영혼의 메아리들이다.

문학과 함께한 지난 시절의 애틋한 추억을 되새김질하며, 한국문화예술위원회에서 마련해 준 '사이버문학광장(문장)' '글틴'에 '우리 문학 속 명문장'이라는 이름으로 연재한 글들을 묶어 세상에 내놓는다. 여기에는 지나온 삶의 실루엣, 즉 문학소년 시절의 낭만적 감수성은 물론, 대학 시절의 열정이나 근대적 일상인으로서의 자의식 등이 직·간접적으로 투영되어 있다. 이 글을 연재한 3년여의 기간 동안 문학 속 장면들이 '지금 여기'의 그늘진 속살을 들쑤시기도 했다. 다소 아프기도 했지만 일상에 안주하고 있는 내면을 채찍질하는 소중한 죽비 소리이기도 했다.

나에게 문학과 뒹구는 글쓰기는 근대적 일상에 깊숙이 침윤되어 있다는 사실을 인정하면서도, 이를 거부하고자 하는 모순된 욕망의 표현이다. 근대의 메커니즘에 순응하면서도 짐짓 문학의 논리로 이를 거부하려는 포즈를 취해 온 것은 아닌가 하는 생각이 불쑥 솟아오른다. 근대적 일상과 인정투쟁을 벌이고 있는 이 불편한 내면이 작품의 선정은 물론 텍스트들을 바라보는 시각을 다소 편향되게 만들고 있는 것은 아닌지 의구심이 든다.

미욱하기 그지없는 글들이 독자들에게 어떠한 정서적 파장을 만들어낼지 걱정이 앞선다. 물론 이 불안감으로 스스로가 쓴 글에 대한 책임을 회피하려는 것은 아니다. 다만, 독자들과 함께 다양한 목소리가 공존하는 문학의 광장을 일구고 싶다는 바람으로 위안을 삼을 따름이다.

이 조그마한 책자에는 많은 사람들의 애정 어린 관심이 녹아 있다. 연재의 마당을 열어주시고 물심양면으로 지원을 아끼지 않은 정우영, 양연식 선생님, 열악한 조건 속에서도 매회 삽화를 그려주고 녹음을 해준 후배님들, 넉넉한 마음으로 글을 읽고 바로잡아준 해토출판사

식구들에게 고마운 마음을 전한다. 두고두고 갚아야 할 즐거운 빚이다.

수많은 밤을 지새우며 삶의 의미를 되새김질하게 해준 작가들에게, 나의 이 덧글이 조금이라도 누가 되지 않기를 간절히 바란다.

2008년 8월

고인환

한국문학 속의 명장면 50선

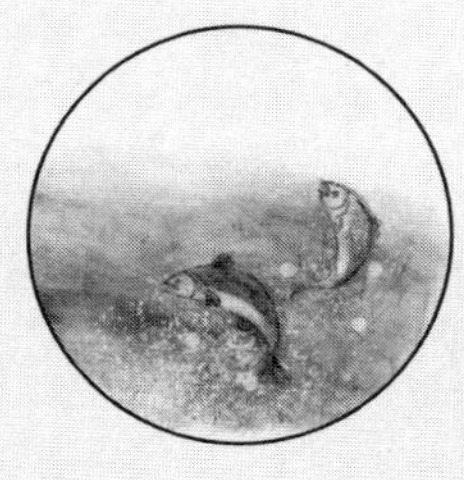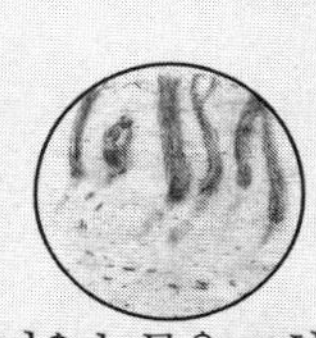

한국문학 속의 명장면 50선

01 이청준의 「눈길」

"신작로를 지나고 산길을 들어서도 굽이굽이 돌아온 그 몹쓸 발자국들에 아직도 도란도란 저 아그 목소리나 따뜻한 온기가 남아 있는 듯만 싶었제."

"길을 혼자 돌아가시던 그때 일을 말씀이세요?"

"눈길을 혼자 돌아가다 보니 그 길엔 아직도 우리 둘 말고는 아무도 지나간 사람이 없지 않았겄냐. 눈발이 그친 그 신작로 눈 위에 저하고 나하고 둘이 걸어온 발자국만 나란히 이어져 있구나."

"그래서 어머님은 그 발자국 때문에 아들 생각이 더 간절하셨겄네요."

"간절하다뿐이었겄냐. 신작로를 지나고 산길을 들어서도 굽이굽이 돌아온 그 몹쓸 발자국들에 아직도 도란도란 저 아그 목소리나 따뜻한 온기가 남아 있는 듯만 싶었제. 산비둘기만 푸르르 날아올라도 저 아그 넋이 새가 되어 다시 되돌아오는 듯 놀라지고, 나무들이 눈을 쓰고 서 있는 것만 보아도 뒤에서 금세 저 아그 모습이 뛰어나올 것만 싶었지야. 하다 보니 나는 굽이굽이 외지기만 한 그 산길을 저 아그 발자국만 따라 밟고 왔더니라. 내 자석아, 내 자석아, 너하고 둘이 온 길을 이제는 이 몹쓸 늙은 것 혼자서 너를 보내고 돌아가고 있구나!"

❀

패륜아인 아들이 금전 문제로 부모를 살해하는 범죄 스릴러 〈공공의 적〉을 본 적이 있는가? 죽음을 맞이하는 순간까지 아들의 범죄를 숨겨주기 위해 현장에 남긴 자식의 손톱을 삼키는 어머니의 숨 막히는 모성애는, 극단적인 설정임에도 오랫동안 뇌리에 남았다. 어머니의 위대한 희생 때문이리라.

〈공공의 적〉의 메시지가 너무 자극적이어서 뒷맛이 개운하지 않다면, 이청준의 「눈길」을 읽어보는 것은 어떨까. 이청준은 모성애〔恨〕, 휴머니즘, 고향 상실 등 인류 보편의 주제를 다루면서도, 이를 문학(예술)적 형식으로 갈무리하는 솜씨가 돋보이는 작가다. 현실과 이상, 일상과 예술 사이의 접점에 보금자리를 튼 이청준의 소설은 우리 삶의 진실을 칼날같이 예리한 필치로 파헤친다.

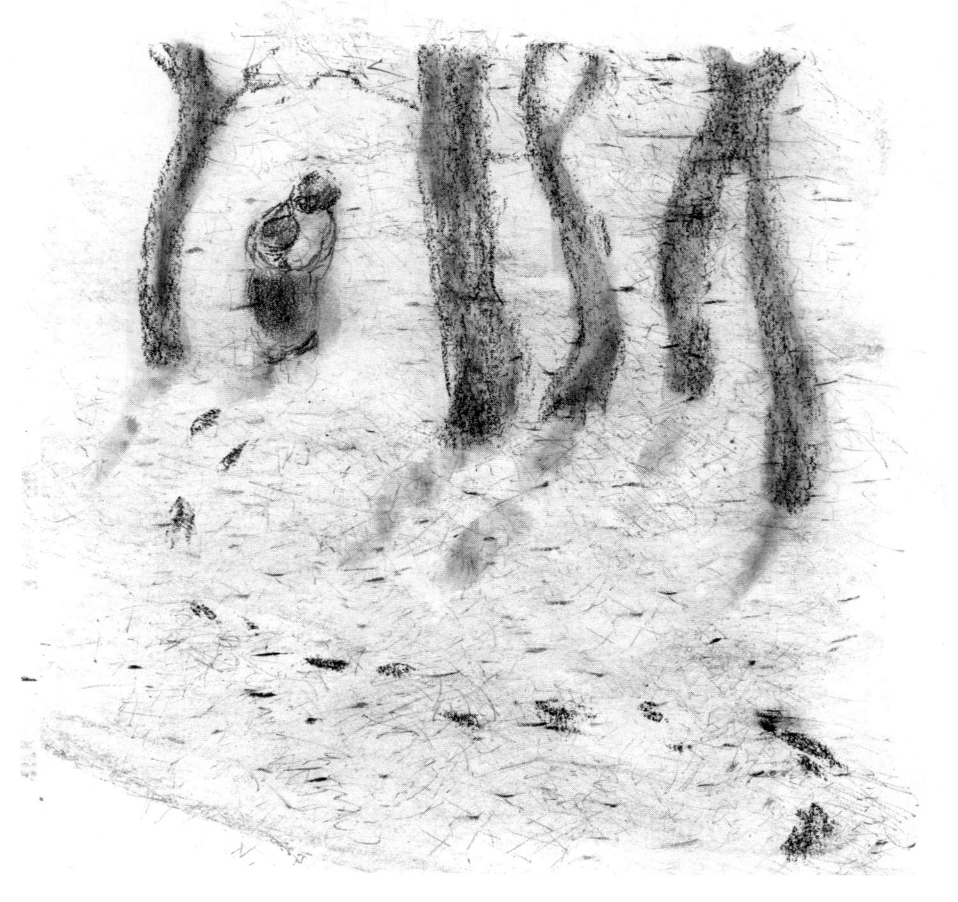

「눈길」은 어머니의 헌신적 사랑이라는 보편적 주제를, ‘눈길’이라는 차 갑고도 포근한 상징, 어머니를 ‘노인’이라 지칭함으로써 표출되는 화자의 미묘한 심리, 아내와 어머니의 대화를 엿듣는 상황 설정(어머니의 사랑을 간접화하는 장치) 등을 통해 효과적으로 길어 올리고 있다. 이러한 문학적 기법은 어머니(고향)에 대한 애증을 사실적으로 드러내는 데 기여하고 있 다. 아마도 이청준은 어머니의 사랑에 감복하면서도, 한편으로 그 무한한 희생이 부담스러운 아들(도시인)의 양가적 감정을 형상화하려 했는지도 모 른다.

필자는 이 작품을 다시 읽으면서, 어머니와 관련된 아련한 추억 둘을 소 환했다.

첫 번째 이미지. 아마 초등학교 4학년쯤 되었을 성싶다. 친구들과 화투놀 이를 해서 꽤 많은 돈을 땄던 것으로 기억한다. 백 원짜리 지폐가 몇 장 되 었으니까. 몹시 궁핍했던 시절이라 집에 돌아와 어머니께 자랑했다. 어머 니는 말없이 나의 손을 잡고 부엌으로 가시더니, 연탄난로의 뚜껑을 열고 지폐를 넣으셨다. 그러곤 아무 말도 없으셨다. 그 어떤 질책보다 무서운 처 벌이었다. 어머니의 마음을 이해하기까지 얼마나 많은 감정의 우회로를 거 쳤던가.

두 번째. 어머니는 요즘도 새벽 운동을 하신다. 늙어 자식들에게 부담을

주기 싫으시다는 것이다. 당신의 건강한 삶을 위해 운동을 하는 것이 아니라, 다음 세대들의 삶을 염려해 오늘도 기꺼이 달콤한 새벽잠을 헌납하신다.

농담 삼아 학생들에게 다음과 같이 말하곤 한다. "새끼가 아플 땐 대신 아파주고 싶지만, 아내가 아플 땐 그 정도까지는 아니라고……" 아내도 마찬가지리라.

아이 둘을 둔 아버지임에도 여전히 부모님의 헌신적 사랑이 부담스러울 때가 있다. 이청준의 「눈길」은 부모와 자식 사이에 긴 나의 정체성을 되새김질해 보는 좋은 기회를 제공했다.

자, 이제 어머니와의 지난 추억을 떠올려보고 진지한 대화의 장을 열어보면 어떨까.

02 박완서의 「환각의 나비」

"몸집에 비해 큰 승복 때문에 그런지 어머니의 조그만 몸은 날개를 접고 쉬고 있는 큰 나비처럼 보였다. 아니아니 헐렁한 승복 때문만은 아니었다. 살아온 무게나 잔재를 완전히 털어버린 그 가벼움, 그 자유로움 때문이었다."

부처님 앞, 연등 아래 널찍한 마루에서 회색 승복을 입은 두 여자가 도란도란 도란거리면서 더덕껍질을 벗기고 있었다. 더할 나위 없이 화해로운 분위기가 아지랑이처럼 두 여인 둘레에서 피어오르고 있었다. 몸집에 비해 큰 승복 때문에 그런지 어머니의 조그만 몸은 날개를 접고 쉬고 있는 큰 나비처럼 보였다. 아니아니 헐렁한 승복 때문만은 아니었다. 살아온 무게나 잔재를 완전히 털어버린 그 가벼움, 그 자유로움 때문이었다. 여지껏 누가 어머니를 그렇게 자유롭고 행복하게 해드린 적이 있었을까. 칠십을 훨씬 넘긴 노인이 저렇게 삶의 때가 안 낀 천진덩어리일 수가 있다니.

암만해도 저건 현실이 아니야, 환상을 보고 있는 거야. 영주는 그래서 어머니를 지척에 두고도 한 발자국도 앞으로 나가지 못했다. 그녀가 딛고 서 있는 곳은 현실이었으니까. 현실과 환상 사이는 아무리 지척이라도 아무리 서로 투명해도 절대로 넘을 수 없는 별개의 세계니까.

어머니! 그 이미지만 연상해도 가슴이 뭉클해지는 존재다. 어머니는 남은 생을 자식을 위해 기꺼이 헌납한다. 이렇듯, 어머니에게 자식은 늘 신神이다.

박완서의 「환각의 나비」는 어머니를 곱씹어보게 한다. 자식을 신으로 모시는 어머니를 위해 무엇을 할 수 있는가, 혹은 참된 효란 무엇인가 되묻게 하는 작품이다.

여기, 치매에 시달리는 한 어머니가 있다. 일찍이 남편을 여의고 세 자식을 억척스럽게 키웠다. 특히, 지방 대학의 교수가 된 큰딸 영주는, 어머니를 친구처럼 의지하며 허물없이 지냈다. 영주는 남자가 어머니를 모셔야 한다는 통념에 따라 남동생에게 어머니를 보낸 적이 있다. 기억을 조금씩 놓아버리는 어머니는, 영주의 집에서는 남동생을 그리워하고, 남동생의 집에서는 영주를 찾는다. 결국 영주는 어머니를 모셔 온다. 그 어머니가 지금 가출을 했다.

한편, 천개사 포교원에는 처녀 비구니 마금이가 살고 있다. 그녀의 어머니 마금네는 마금이를 통해 돈을 번다. 하지만 마금이는 돈이나 세속 일에 전혀 관심이 없다. 그녀는 '직감' 외에 아무것도 믿지 않는다. 마금이는 여태껏 인연을 맺어온 사람들과 멀어지고 싶어 한다. 그녀가 감당하기에 세상은 너무나 가혹했기 때문이다. 마금이는 열네 살의 나이로 '환속'한 '도사'에게 겁탈을 당했으며, 이 일을 미끼로 잇속을 챙기려는 어머니의 욕망은, 마금이의 마음을 굳게 닫아걸게 만든다.

사월 초파일을 치르고 난 절집(포교원)에, 한 노파가 스르르 들어온다. 인용문에는 "서울근교" "외딴집"에서 세속과 담을 쌓고 살아온 비구니(마금이)와 "살아온 무게나 잔재를 완전히 털어버린" 치매 노인(어머니) 사이의 투명한 교감이, "현실과 환상"을 가로지르며 아름답게 음각되어 있다. 무슨 말이 더 필요하겠는가?

03 양귀자의 「한계령」

"저 산은 내게 내려가라, 내려가라 하네. 지친 내 어깨를 떠미

네……."

"테이블로 안내해드릴까요?"

웨이터의 말대로 나는 내가 앉아야 할 테이블이 어딘가를 생각했다. 그

리고는 막막한 심정으로 뒤를 돌아다보았다. 뒤는, 내가 돌아본 그 뒤는 조

명이 닿지 않는 컴컴한 공간일 뿐이었다. 아마도 거기에는 습기 차고 얼룩

진 벽이 있을 것이었다. 나는 웨이터에게 무언가를 말하려고 하였다. 하지

만 아무런 말도 나오지 않았다.

「저 산은 내게 내려가라, 내려가라 하네. 지친 내 어깨를 떠미네…….」

더듬거리고 있는 내 앞으로 〈한계령〉의 마지막 가사가 밀물처럼 몰려오

고 있었다.

집에 돌아와서야 나는 내가 만난 그 여가수가 은자라는 것을 확신하였

다. 넘어지고 또 넘어지고, 많이도 넘어져가며 그 애는 미나 박이 되었지 않은가. 울며울며 산등성이를 타오르는 그 애, 잊어버리라고 달래는 봉우리, 지친 어깨를 떨구고 발아래 첩첩산중을 내려다보는 그 막막함을 노래 부른 자가 은자였다는 것을 그제서야 깨달은 것이었다.

❀

흔히 인생을 시시포스의 고역에 비유하곤 한다. 떨어질 줄 알면서도 바위를 굴려 올려야 하는 시시포스의 형벌. '현실 속에서 현실 너머'를 꿈꾸는 문학의 운명과도 닮은꼴이다.

여기, 시시포스의 운명을 떠올리게 하는 인물이 있다.

먼저, 일찍 세상을 버린 아버지를 대신해서 여섯 동생을 보란 듯이 키워 낸 큰오빠. 그는 신화적 인물로 제시되는데, 사회의 운명을 짊어지고 바위를 굴려 올렸던 산업 역군의 이미지와도 겹쳐진다. 이러한 큰오빠의 울타리를 보호막으로 자란 동생들은 어느덧 사회의 주역으로 자리 잡았다. 그런데 그가 삶의 의욕을 상실했다. "열심히 뛰어 도달해 보니 기다리는 것은 허망함뿐"이라는 탄식과 함께. 정상을 향해 밀어 올렸던 바위가 굴러 떨어지는 순간에 직면한 것이다. "유년의 기억을 들추면서" 삶의 위안을 얼듯이, 그 역시 "끊임없이 과거의 페이지를 넘기며 현실을 잊고 싶어 하는 지도 모를 일"이다. 있는 힘을 다해 바위를 밀어 올렸지만, 남은 것은 내리막 길뿐이라는 사실 앞에 당혹감을 감출 수 없다.

그리고 가수의 꿈을 안고 고향을 떠나, "넘어지고 또 넘어지고, 많이도 넘어져가며", '미나 박'으로 남은, 은자가 있다. 밤업소를 전전하는 무명가수지만, 그녀는 노래를 버리지 않고 살았다. 이러한 은자가 화자에게 공연을 보러 오라고 연락을 한다.

화자는 망설인다. 상상 속의 은자는 언제나 같은 모습이었다. 수십 년간 가슴에 품어온 이 고향의 얼굴을 현실 속에서 만나고 싶지 않기 때문이다.

하지만 과거(상상) 속의 추억은 깨어지게 마련. 화자는 업소를 찾는다. 마침, 〈한계령〉이 울려 퍼진다.

"아, 그러나 한 줄기 바람처럼 살다 가고파. 이 산 저 산 눈물 구름 몰고 다니는 떠도는 바람처럼……."

화자는 '온몸'으로 노래를 맞이한다. 어느 한순간 노래 속에서 큰오빠의 쓸쓸한 등이, 그의 지친 뒷모습이 걸어 나왔다. 어디 큰오빠뿐이겠는가. 화자에게도, '미나 박'에게도, 아니, 모든 사람들에게 한 줄기 바람처럼 살고 싶은 순간들이 왜 없었겠는가. 하지만, 삶의 무게는 "바람처럼 살다 가고" 픈 소망을 일상의 바위 밑으로 끌어내리게 마련이다.

　다만, "저 산은 내게 내려가라, 내려가라 하고 지친 내 어깨를 떠미네"로 마무리되는 〈한계령〉의 가사처럼, '짐 꾸러미'(바위)를 밀며 "한사코 봉우리를 향하여 무거운 발길을 옮겨 놓"는 사람들의 지친 어깨를 따스하게 감싸는 노래(문학)가 있기에, 산을 내려오는 발걸음이 조금은 가벼울 수 있는 것이다. 이러한 위안이 있기에 우리는 또다시 바위를 밀어 올릴 수 있는 것이다.

04 김승옥의 「무진기행」

"안개는 마치 이승에 한이 있어서 매일 밤 찾아오는 여귀가 뿜어내
놓은 입김과 같았다."

무진에 명산물이 없는 게 아니다. 나는 그것이 무엇인지 알고 있다. 그것
은 안개다. 아침에 잠자리에서 일어나서 밖으로 나오면, 밤사이에 진주해
온 적군들처럼 안개가 무진을 뻥 둘러싸고 있는 것이었다. 무진을 둘러싸
고 있던 산들도 안개에 의하여 보이지 않는 먼 곳으로 유배당해 버리고 없
었다. 안개는 마치 이승에 한이 있어서 매일 밤 찾아오는 여귀가 뿜어내놓
은 입김과 같았다. 해가 떠오르고, 바람이 바다 쪽에서 방향을 바꾸어 불어
오기 전에는 사람들의 힘으로서는 그것을 헤쳐 버릴 수가 없었다. 손으로
잡을 수 없으면서도 그것은 뚜렷이 존재했고 사람들을 둘러쌌고 먼 곳에
있는 것으로부터 사람들을 떼어놓았다. 안개, 무진의 안개, 무진의 아침에
사람들이 만나는 안개, 사람들로 하여금 해를, 바람을 간절히 부르게 하는

무진의 안개, 그것이 무진의 명산물이 아닐 수 있을까!

(중략)

　무진에 오기만 하면 내가 하는 생각이란 항상 그렇게 엉뚱한 공상들이었고 뒤죽박죽이었던 것이다. 다른 어느 곳에서도 하지 않았던 엉뚱한 생각을 나는 무진에서는 아무런 부끄럼 없이, 거침없이 해내곤 했었던 것이다. 아니 무진에서는 내가 무엇을 생각하고 어쩌고 하는 게 아니라 어떤 생각들이 나의 밖에서 제멋대로 이루어진 뒤 나의 머릿속으로 밀고 들어오는 듯했었다.

❀

　「무진기행」은 자본주의 사회의 일상을 탁월하게 형상화한 소설이다. 이 작품에서 김승옥은 근대적 일상성을 섬세한 소시민적 욕구를 통해 내면화하고 있다. 「무진기행」은 돈 많은 과부와 결혼하여 세속적인 편안함을 누리고 있는 주인공 윤희중이 잠시 쉬러 고향인 무진에 내려와 어두운 과거와 현재의 속된 삶을 성찰해 본다는 귀향의 모티프를 활용하고 있다. 주인공의 귀향은 자기 확인의 과정과 동궤에 놓이는데, 이는 순수한 이상의 세계와 세속적 현실 사이에서 심하게 동요하는 내면의 갈등을 동반하고 있다. 무진은 서울에서의 실패로부터 도망쳐야 하거나 혹은 무언가 새 출발이 필요할 때 찾게 되는 공간이다. 그러나 무진을 찾아간 윤희중은 새로운 용기라든지 계획을 얻지 못한다. 그에게 무진은 "골방 안에서의 공상과 불면을 쫓아보려고 행하던 수음"의 공간이거나 "항상 스스로를 상실하지 않을 수 없었던 과거에 의한 조건반사"의 세계일 따름이다. 그는 무진에 오기만 하면 엉뚱한 공상만 하고 생각은 늘 뒤죽박죽이다.

이렇듯, 무진은 순수했던 과거의 열정과 속물적인 도시의 삶이 공존하는 '경계의 공간'이다. 이러한 카오스의 공간은 주인공의 황폐한 내면세계를 상징하고 있으며 나아가 현실과 환상이 공존하는 문학적 공간을 표상한다. 무진의 명물인 안개는 이를 잘 드러내주는 이미지다. 주위의 모든 사물들의 경계를 순식간에 허물어버리는 신비롭고 환상적인 이미지의 안개는 세속적 현실과 소통하지 못하고 또한 과거의 기억에서 벗어나지 못한 주인공의 내면을 섬세하게 드러내준다. 이러한 안개는 현실에서 벗어나 자아를 찾아 떠나는 여행을 인도하는 내밀한 욕망을 상징한다.

"이승에 한이 있어서 매일 밤 찾아오는 여귀가 뿜어내 놓은 입김"과도 같은 안개는 도시와 고향, 의식과 무의식, 현실원칙(쾌락을 추구하려는 이드d의 원시적이고 본능적인 욕구를, 현실 여건을 고려하여 연기하거나 단

넘하는 자아의 활동 원칙—편집자 주)과 쾌락원칙(불쾌감을 피하고 쾌감을 추구하려는 무의식의 경향—편집자 주) 등을 매개하는 상징이다. 안개는 이승과 저승, 밤과 아침, 현실과 환각, 바다와 육지 등의 경계, 즉 "손으로 잡을 수 없으면서도" 뚜렷하게 존재하는 신비로운 그 무엇을 암시한다. 안개는 술, 섹스, (미친 여자의) 죽음 등 이성이 지배하는 근대적 삶이 은폐한 새로운 세계로 그를 안내한다.

그렇지만 근대적 삶을 완전히 벗어날 수는 없다. 쾌락원칙은 결코 현실 원칙을 이길 수 없기 때문이다. 아내의 전보를 받고 급히 서울로 귀환하며, "한 번만, 마지막으로 한 번만 이 무진을, 안개를, 외롭게 미쳐가는 것을, 유행가를, 술집 여자의 자살을, 배반을, 무책임을 긍정하기로 하자"는 윤희중의 부끄러운 다짐은 이를 잘 보여준다. 현실 너머의 세계를 염원하지만 결코 거기에 다다르지 못하는 것이 인간의 모순된 운명이다. 다만, 무진의 안개가 반사하듯, 세속적인 삶 너머의 세계를 얼핏 되비추어줄 뿐이다. 이러한 경험을 통해 우리는 조금씩 현실을 바꾸어갈 수 있는 것이다. 무진을 다녀간 윤희중의 삶은 크게 달라지지 않을 것이다. 그러나 이전의 삶과는 조금 다를 것이다. 이러한 차이로 인해 윤희중의 삶, 아니 우리들의 삶은 조금씩 변화하게 되는 것이다. "당신은 무진읍을 떠나고 있습니다. 안녕히 가십시오"라는 팻말을 보며 심한 부끄러움을 느끼는 주인공의 모습에서 근

대의 세속적 삶을 살아가는 현대인의 슬픈 초상을 대면하고 당혹감을 떨칠

수 없는 이유도 이와 무관하지 않다.

05 서정인의 「강」

"적중하건 안하건 간에 그는 그가 처음 출발할 때에 도달하게 되리라고 생각했던 곳으로부터 사뭇 멀리 떨어져 있는 곳에 와 있음을 깨닫는다. 아ー, 되찾을 수 없는 것의 상실임이여!"

"일등을 했다구? 좋은 일이다. 열심히 공부해라. 기회는 얼마든지 있다. 미국, 영국, 불란서, 어디든지 갈 수 있다. 내 돈 한 푼 안 들이고 나랏돈이나 남의 돈으로 얼마든지 공부할 수 있다. 돈 없는 건 걱정할 필요가 없다. 흔한 것이 장학금이다. 머리와 노력만 있으면 된다. 부지런히 공부해라, 부지런히. 자신을 가지고."

그러나 그의 말을 듣고 있는 사람은 아무도 없다. 또 알아들을 수도 없다. 그는 입을 다물고 흥얼거렸다. 그 말이 끝나자 그의 머리 속에는 몽롱한 가운데에 하나의 천재가 열등생으로 변모해 가는 과정들이 하나씩 떠오른다. 너는 아마도 너희 학교의 천재일 테지. 중학교에 가선 수재가 되고,

고등학교에 가선 우등생이 된다. 대학에 가선 보통이다가 차츰 열등생이 되어서 세상으로 나온다. 결국 이 열등생이 되기 위해서 꾸준히 고생해 온 셈이다. 차라리 천재이었을 때 삼십 리 산골짝으로 들어가서 땔나무꾼이 되었던 것이 훨씬 더 나았다. 천재라고 하는 화려한 단어가 결국 촌놈들의 무식한 소견에서 나온 허사였음이 드러나는 것을 보는 것은 결코 즐거운 일이 못 된다. 그들은 천재가 가난과 끈질긴 싸움을 하다가 어느 날 문득 열등생이 되어 버린다는 사실을 몰랐다. 누구나가 다 템즈강에 불을 쳐지를 수야 없는 일이다. 허옇게 색이 바랜 짧은 바지를 입고 읍내까지 몇십 리를 걸어서 통학하는 중학생. 많은 동정과 약간의 찬탄. 이모집이나 고모집이 아니면 삼촌이나 사촌네 집을 전전하면서 고픈 배를 졸라매고 낡고 무거운 구식의 커다란 가죽 가방을 옆구리에다 끼고 다가오는 학기의 등록금을 골똘히 생각하며 밤늦게 도서관으로부터 돌아오는 핏기 없는 대학생. 그러다 보면 천재는 간 곳이 없고, 비굴하고 피곤하고 오만한 낙오자가 남는다. 그는 출세할 일이라면 무엇이든지 할 준비가 되어 있다. 어떠한 것도 주임교수의 인정을 받는 일보다 더 중요하지 않다. 외국에 가는 기회는 단 하나도 그의 시도를 받지 않고 지나치는 법이 없다. 따라서 그가 성공할 확률은 대단히 높다. 많은 것들 중에서 어느 하나만 적중하면 된다. 그런데 문제는 적중하느냐 않느냐가 아니라 적중하건 안 하건 간에 아무런 차이가 없다는 데에 있다. 적중하건 안 하건 간에 그는 그가 처음 출발할 때에 도달하게 되리라고 생각했던 곳으로부터 사뭇 멀리 떨어져 있는 곳에 와 있음을 깨닫는다. 아―, 되찾을 수 없는 것의 상실임이여!

❀

서정인의 「강」은 꿈을 상실하고 초라한 현실을 확인하며 살아갈 수밖에 없는 소시민의 삶을 서정적인 문체로 길어 올리고 있다. 이 작품에서 '강'은 장삼이사張三李四들의 삶을 상징한다. 작가는 산골에서 시작하여 험한 여울을 지나 바다에 도달하는 우리네 인생을 '강'이라는 상징으로 포착해낸다. '강'은 "하나의 천재가 열등생으로 변모해 가는 과정"과 포개지며, 자연의 이미지를 벗는다.

서정인의 「강」은 혼인집에 가는 세 사내와 우연히 만난 한 여자가 엮어내는 에피소드를 다룬 단편이다. 전직 교사 박씨, 세무서 주사 이씨, 늙은 대학생 김씨는 혼인집에 가는 버스 안에서 친해진 여자와 같은 곳에서 내린다. 밤늦게 혼인집을 다녀온 세 남자는 거나하게 취한다. 박씨와 이씨는 낮에 만났던 작부의 술집으로 가고, 김씨는 혼자 여인숙에 남는다. 침구를 가지고 방에 들어온 여인숙 집 아이는 반장이라는 명찰을 가슴에 달고 있다. 아이는 일등을 했다고 자랑한다. 아이를 보내며 김씨는 자신의 과거를 회상한다. 동네의 천재였던 아이가 "가난과 끈질긴 싸움을 하다가" 어느 날 문득 "비굴하고 피곤하고 오만한 낙오자"로 전락하는 과정이 오롯이 재생된다. 성장 일변도의 산업화 시대, 농촌에서 도시로 몰려든 '천재' 내지 '수재'들은 무한 경쟁이라는 자본의 논리에 적응하지 못하고 인생의 열등생으로 전락한다. 이러한 인생의 여정은 입시 위주의 교육이 지배하는 오늘날까지 변함없이 이어지고 있다.

서정인은 이러한 소시민의 비극적 삶을 따스한 시선으로 감싸고 있다. 인간은 누구나 "처음 출발할 때에 도달하게 되리라고 생각했던 곳으로부터 사뭇 멀리 떨어져 있는" 자신을 발견하곤 한다. 인생은 어린 시절 가졌던 꿈을 하나씩 실현해 가는 과정이기도 하지만, 그 꿈을 조금씩 버려가는 여정이기도 하다. 대다수 사람들은 후자에 속할 것이다. 이 조금씩 포기한 "되찾을 수 없는 것"에 대한 형언할 수 없는 그리움이야말로 지긋지긋한 일상을 견디게 해주는 동력이라고, 「강」은 우리에게 넌지시 속삭이고 있다. 문학은 이 그리움을 자양분으로 삼아 부정적 현실을 감싸는 동시에 질타한다.

06 황석영의 「삼포 가는 길」

"내 이름 백화가 아니에요. 본명은요…… 이점례예요."

영달이가 뒷주머니에서 꼬깃꼬깃한 오백 원짜리 두 장을 꺼냈다.

"저 여잘 보냅시다."

영달이는 표를 사고 삼립빵 두 개와 찐 달걀을 샀다. 백화에게 그는 말했다.

"우린 뒤차를 탈 텐데…… 잘 가슈."

영달이가 내민 것들을 받아 쥔 백화의 눈이 붉게 충혈되었다. 그 여자는
더듬거리며 말했다.

"아무도…… 안 가나요?"

"우린 삼포루 갑니다. 거긴 내 고향이오."

영달이 대신 정씨가 말했다. 사람들이 개찰구로 나가고 있었다. 백화가
보퉁이를 들고 일어섰다.

"정말, 잊어버리지…… 않을게요."

백화는 개찰구로 가다가 다시 돌아왔다. 돌아온 백화는 눈이 젖은 채로 웃고 있었다.

"내 이름 백화가 아니에요. 본명은요…… 이점례예요."

여자는 개찰구로 뛰어나갔다. 잠시 후에 기차가 떠났다.

❀

황석영의 「삼포 가는 길」은 떠돌이 노동자 정씨와 영달, 그리고 술집 작부 백화가 우연히 길에서 만나 동행하며 겪는 에피소드를 형상화한 작품이다. 주인공들은 가진 것도, 돌아갈 마음의 고향도 없는 빈털터리지만, 오히려 그래서 더욱 순박한 존재들이다. 이들은 밑바닥 생활을 통해 삶의 고달픔을 체험하고, 이 고달픔을 견디게 하는 힘이 "꼬깃꼬깃한 오백 원짜리 두 장"이나 "삼립빵 두 개와 찐 달걀", 그리고 "이점례"라는 본명에 스며 있다는 사실을 나지막하게 이야기한다. 삶의 바닥을 쳐본 자만이 인생의 고귀함을 이해할 수 있는 것이다.

학창 시절 즐겨 시청한 〈TV 문학관―「삼포 가는 길」〉이 떠오른다. 특히, '백화'의 이미지는 20여 년도 더 된 긴 시간의 간극을 훌쩍 넘어 여전한 여운을 남긴다. 엉덩이를 까고 눈길 위에 오줌을 누던 영상과, "내 배 위로 남자들 사단병력이 지나갔어"라고 읊조리는 목소리가 공명共鳴하며 아스라한 파장을 일으킨다. 이렇듯, 백화의 모습은 묘한 설렘과 울렁거림을 불러온다. 백화는 1970년대 한국 사회의 한 단면, 즉 산업화의 과정에서 뿌리 뽑힌 민초들의 삶을 체현하고 있으며, 이는 삶의 밑바닥에 깔린 슬픔의 근원을 확인하는 과정과 포개진다. 「삼포 가는 길」이 지닌 시대적 전형성이 성에 대한 호기심과 상승 작용을 일으켜 필자에게 강한 인상을 남긴 것이리라.

인터넷 야동이나 연예인 누드 모바일 서비스 등 요즘 범람하는 유해 영상물이 존재하지 않았을 당시, 문학은 성에 대한 동경을 대리 충족하는 유일한 수단이었다. 이를테면, 백화는 문학청년들의 영원한 애인이었던 셈이다. 한참 성에 대한 호기심으로 충만해 있을 무렵, 또래들과 술집 작부들이 가장 소중히 여기는 것이 무엇인지 격론을 벌인 적도 있다. 단연, 백화는 이 논쟁의 주인공이었다. 가슴이다, 성기다, 입술이다 등의 주장을 단번에 무색하게 만드는 대답을 우리는 백화에게서 찾았다. "내 이름 백화가 아니에요. 본명은요…… 이점례예요." 우리는 아무런 반발 없이 '본명'(순정)이라고 결론지었다.

가식과 허위의 가면을 벗고, 순정한 내면이 결을 드러내는 순간, '반짝'하고 감동의 물결이 인다. 백화의 진실은, 문학은 늘 이렇게 우리 곁에 있었다. 되돌아보면, 우리에게 백화의 순정을 담고 있는 문학의 공간은, 젊음

의 열정이 관통하는 통과제의의 장이었다. 숨 가쁘게 달려가야 하는 성년
으로 난 길옆에, 희미하게 이어진 꿀맛 같은 휴식의 오솔길이었던 셈이다.
우리들은 여기에서 잠시 숨을 고르곤 했다.

　새로운 삶을 향해 떠나는 정씨와 영달, 백화의 모습은 고단한 세상 너머
로 희미하게 길을 내는, 좀 더 나은 삶의 실루엣을 되비춘다. 내일은 오늘
보다 나을 것이라는 믿음을 싣고. 이러한 믿음이 있기에 우리는 '지금 여
기'의 삶을 견딜 수 있는 것이다.

07 이문구의 「우리동네 황씨黃氏 ― 으악새 우는 사연」

"직업을 권세루 알기루 말헐 것 같으면 하늘을 입구 흙을 먹는 우리
네 위에 올러슬 것이 읎을 텐디두……"

"내가 헐라는 말은 저기여. 벨것이 아니라, 하늘을 쳐다보구 땅만 믿구
사는 우리찌리는 여전히 경우가 있구, 이웃도 있구, 우정도 있구, 이런 것
저런 것 다 분별이 있는디, 직업이 사람을 상대루 허는 직업은 우리가 마소
나 들풀이나 돌멩이 같은 다른 저기들과 다름읎이 뵈는 모양여. 우리가 있
음으로 해서 각기 직업두 생긴 겐디, 그 직업을 한번 붙잡았다 허면 우선
인심부터 내버리구 저기허더란 말여. 직업을 권세루 알기루 말헐 것 같으
면 하늘을 입구 흙을 먹는 우리네 위에 올러슬 것이 읎을 텐디두…… 그러
나 우리를 업신여긴 것치고 오래 안 가데. 나는 배움이 읎어서 지난 역사
를 저기헐 수는 읎지만 아마 사람 위에 올러스려구 버둥댄 것치구 저기헌
적이 읎을겨. 그랬으니께 오늘날에 우리가 있는 게구, 우리는 또 자식들이

사는 걸 저기허면서 저기허는 게구……”

수업 시간에, 이문구의 소설 『우리 동네』 한 쪽과 영어 지문 한 쪽을 나란히 복사해 나누어주고 해석하라는 과제를 낸 적이 있다. 요즘 대학생들에게는 영어 지문이 훨씬 쉽게 다가오는 모양이다. 이문구의 소설을 놓고 쩔쩔매며 식은땀을 흘리는 학생들의 모습이 대견한 한편, 씁쓸하고 안타까운 생각도 들었다.

이문구는 토속적인 언어에, 전통적 서사구조를 사용하고, 농촌공동체에 대한 향수를 담아내는 등 가장 한국적인 소설을 쓴 작가의 하나다. 가장 전통적인 소설이 가장 낯설어진 이러한 역설적인 상황은 지금 우리의 현실을 보여주는 한 예가 될 수 있을 터이다. 대한민국을 한자로 쓰지 못하는 대학생들이 많다고 하지 않던가. 물론, 세계가 하나의 전산망으로 연결되는 지구촌 시대에 발맞추어, 지구촌 언어로 부상한 영어를 익혀야 한다는 사실에는 재론의 여지가 없다. 하지만 조기 영어교육이나 단기 어학연수 등 과열되고 일방적인 영어 열풍은 다시 한 번 곱씹어볼 일이다. 이러한 열풍이 인간 삶에 필수적인 그 무엇을 누락하고 있는 것은 아닌지 되새김질해 본다.

이를테면, 인용문에 드러난 "하늘을 쳐다보구 땅만 믿구 사는" 농민들의 생활 습관과 체험에 바탕한 순환적인 삶의 태도 같은 것 말이다. 우리는 이러한 삶의 태도 위에 군림하는 "사람을 상대루 하는 직업"이 판을 치는 근대의 일상적 삶을 살아가고 있다. 모든 직업은 농민이 있음으로 해서 생긴 것이다. 국민의 먹을거리를 책임지는 농업은 우리 삶의 근원을 이루는 직업이다. 하늘과 땅을 모시는 이러한 농업이, 산업사회로 접어들면서 소외되기 시작한다. 이윤의 논리가 지배하는 근대 사회에서는 하늘과 땅조차도 투기의 대상이 된다. 사람을 상대로 한 직업에서 사람은 이윤 추구의 수단으로 전락한다. 그래서 사람이 "마소"나 "들풀"이나 "돌멩이"와 같이 사물화되는 것이다.

이문구의 『우리 동네』는 이렇게 인간을 수단화함으로써, 부와 권세를 쌓아 올리고 급기야는 사람 위에 올라서려는 사람을 비판하고 있는 것이다. 이러한 이문구의 소설은 전근대성, 반근대성 혹은 근대성에 미달한 형식 등으로 규정되면서 그동안 온전한 평가를 받지 못한 것이 사실이다.

이제 우리가 살고 있는 근대라는 것이 과연 무엇이고 어떤 것인지 고민해 볼 필요가 있다. 우리가 추구하는 근대는 혹 서구 중심적 근대는 아닌가? 이 땅에서 전개된 급속한 근대화는 전통적 삶의 가치를 무너뜨리고 도구적 합리성이 지배하는 생산과 발전 이미지로서 근대성을 퍼뜨린 것은 아닌가?

물론 근대화를 통해 얻은 것도 많다. 하지만 잃은 것도 그에 못지않다는 사실을 기억하자.

이문구의 소설은 이 잃은 것들을 기억하자고 호소한다.

주지하듯, 근대성은 여전히 미완의 기획이다. 우리는 근대가 미처 품지 못한 결핍의 요소들을 찾아내고 채워 넣어야 한다.

농경 사회의 잔재와 산업 사회의 모순이 얼기설기 얽힌 우리 근대성의 전개 과정에서, 이문구의 소설은 근대성의 논리가 배제하고 거부했던 소중한 가치들을 되돌아보게 함으로써 근대 문명의 결핍을 보완할 수 있는 새로운 문명의 한 모습을 시사한다.

비록 낯설고 어렵지만, 우리가 이문구의 소설을 꼭 읽어야 하는 이유도 바로 여기에 있다.

08 조세희의 「난장이가 쏘아올린 작은 공」

"아버지는 악당도 못 돼. 악당은 돈이나 많지."

"엄마, 이게 무슨 냄새야?"

어머니는 말없이 걸었다. 나는 다시 물었다.

"엄마, 이게 무슨 냄새지?"

어머니는 나의 손을 잡았다. 어머니는 걸음을 빨리 하면서 말했다.

"고기 굽는 냄새란다. 우리도 나중에 해먹자."

"나중에 언제?"

"자, 빨리 가자."

어머니는 말했다.

"너도 공부를 열심히 하면 좋은 집에 살 수 있고, 고기도 날마다 먹을 수

있단다."

"거짓말!"

어머니의 손을 뿌리치면서 내가 말했다.

"아버지는 나쁜 사람이야."

어머니가 우뚝 섰다.

"너 방금 뭐라고 했니?"

"우리 아버지는 나쁜 사람이야."

"너 매 좀 맞아야겠구나. 아버지는 좋은 분이다."

"나도 주머니가 달린 옷을 입고 싶어."

"빨리 가자."

"엄마는 왜 우리들 옷에 주머니를 안 달아주지? 돈도 넣어주지 못하고, 먹을 것도 넣어줄 게 없어서 그렇지?"

"아버지에 대해 말을 막 하면 너 매 맞을 줄 알아라."

"아버지는 악당도 못 돼. 악당은 돈이나 많지."

"아버지는 좋은 분이다."

"알아."

나는 말했다.

"수백 번도 더 들었다. 그렇지만 이젠 속지 않아."

『난장이가 쏘아올린 작은 공』(이하『난쏘공』으로 약칭)은 예닐곱 번 읽은 듯하다. 읽을 때마다 새로운 감동으로 다가오는 몇 안 되는 작품의 하나다. 이 책을 처음 접한 고등학교 시절, 성장 드라이브 정책에서 소외된 서민들의 애환과 사랑, 그리고 절망을 막연하게나마 인식한 충격이 아직도 생생하다. 그리고 대학 시절 다시 읽은『난쏘공』은 우리 사회의 모순과 절망을 객관적으로 인식하는 계기를 마련해 주었다. 문학에 입문한 이후 여러 번의 기회를 통해 다시 접하게 된『난쏘공』은 사실과 환상, 내용과 형식, 현실성과 예술성, 리얼리즘과 모더니즘, 참여문학과 순수문학, 과거와 현재 등의 경계를 가로지르며 우리 문학의 새로운 가능성을 시사하는 문제의식을 제공하였다.

『난쏘공』은 1970년대를 대표하는 노동소설이다. 노동문학은 자본주의 사회가 낳은 노동의 소외에 정직하게 대면하고, 이와 적극적으로 투쟁하였다. 그럼에도 노동소설은 "근대성의 성취와 근대 극복"(백낙청)이라는 우리 사회의 이중적 과제를 효과적으로 지양止揚하지 못했다. 마르크시즘(과학)으로 무장한 노동소설은 근대 극복이라는 과제에 과도하게 집착한 나머지 어떻게 하면 근대성을 바람직하게 성취할 수 있는지에 대한 구체적 탐색을 등한시하였다. 이제 극단적으로 밀고 간 부분(근대 극복의 열망)을 일상 속으로 끌어들이고, 미흡했던 부분(근대성의 성취)을 겸허하게 인정하며 이 둘의 조화를 이루어내야 하는 시기에 이르렀다.

『난쏘공』이 1990년대 중반 '리얼리즘/모더니즘 논쟁'의 대상이 되었다는 사실에 주목할 필요가 있다. 이 작품은 민중소설의 '타자'였던 개인의 내밀한 욕망을 현실과 꿈의 긴장된 언어로 형상화함으로써 노동소설의 리얼리즘에 모더니즘적 요소를 음각하고 있다. 1990년대 이후 범람하기 시작한 성, 욕망, 무의식 등의 미시담론을 거부하기보다는 노동소설의 새로운 자양분으로 수용하는 자세가 요구되는 현실에서, 『난쏘공』을 다시 음미해야 할 필요성도 바로 여기에 있다.

『난쏘공』의 연작 구성은 시대 현실을 다층적·입체적으로 제시하는 데 효과적인 기능을 발휘한다. 각 작품들마다 이질적인 화자들을 등장시켜 시대 현실을 다면적으로 형상화하는 데 기여하고 있다. 특히, 노동자, 중산층, 상류층 등 다양한 화자들은 자신들의 목소리를 표출함으로써 서로 대화를 나누는 듯한 관계에 놓인다. 대화적 관계는 어느 한쪽의 입장을 강조함으로써 야기되는 이분법적 사고를 넘어서는 계기를 마련한다.

이러한 대화적 관계는 '현실 속에서 현실 너머를 꿈꾸는' 소설의 모순된 운명을 체현하며 리얼리즘과 모더니즘을 대화의 장으로 이끌고 있다. '현실 속에서'라 함은 현실을 반영한다는 리얼리즘적 조건을 지시한다. 시대 현실에 정직하게 응전하며 이를 사실적으로 형상화하는 태도야말로 문학이 갖추어야 할 덕목의 하나다. 반면, '현실 너머를 꿈꾸는' 서사의 운명은 시대 현실을 반영하는 것만이 문학의 필수 조건은 아니라는 사실을 시사한다. 유토피아를 포착하는 아름답고 풍요로운 상상력 또한 문학이 겸비해야 할 조건이다. 『난쏘공』은 이 둘의 경계 지점에 자신의 보금자리를 마련하고 있다.

산문적 현실과 시적 상상력 사이의 팽팽한 긴장으로 표출되는 『난쏘공』의 미학적 특질 또한 이와 무관하지 않다. "난장이", "뫼비우스의 띠", "클라인 씨의 병" 같은 상징적 언표들은 산문적 현실과 길항 작용을 하며 현실을 다차원적으로 인식하게 하는 데 기여한다. 근대화의 찬란함 이면에 가려진 암울한 현실을 보여주는 이 작품의 미학적 세계관이 자본의 논리를 비판하는 지점도 바로 여기다.

이 지점은 타락한 현실 세계와 아름다운 상상력의 세계 사이의 교차로 표출된다. "난장이"가 사는 마을은 상상력의 상승 작용을 통해 달나라 세계와 연결되고, 달나라 세계는 근대 이데올로기에 무참하게 짓밟힘으로써 현실 속으로 추락한다. 이러한 '상승/하강' 작용은 동화적 아름다움과 산문적 현실의 혼종混種, 즉 꿈과 현실을 교차시키는 행위에 다름 아닌데, 이는 '희망→절망→승화'의 효과를 낳는다. "난장이"가 꿈꾸는 달나라는 현실 속에서 실현될 수 없는 시적 환상에 불과하다. 그러나 이러한 꿈이 없다면 누구도 불구적인 현실을 견딜 수 없다. 이러한 이상과 현실의 길항 작용이 자족적이면서도 상호의존적이고, 닫혀 있으면서도 열려 있는 『난쏘공』의 독특한 미학을 창출하는 것이다.

『난쏘공』이 제시하는 문제의식의 핵심은 피해자와 가해자의 대립 그 자체가 아니라 양자를 구별할 수 없는 현실의 모순이다. 이는 나와 너가 공존하는 사회를 실현하기가 불가능한 근대 사회의 모순과 절망을 표출하는 것이며, 합리적 이성에 기초한 사회의 불가능함을 온몸으로 웅변하는 일이다. 이러한 딜레마에 대한 진지한 탐색이 노동문제를 미학적으로 형상화하는 방법론으로 구체화되고 있으며, 이는 리얼리즘적 세계인식과 모더니즘적인 기법을 효과적으로 통합하는 데 기여한다.

이제 '난장이'의 아들이 품었던 의문을 오늘의 현실에 되비추어 보자. '공부를 열심히 하면 좋은 집에 살 수 있고, 고기도 날마다 먹을 수 있'는가? 아버지(난장이)는 '나쁜 사람'인가, '좋은 분'인가? 대답하기 망설여진다. 우리는 여전히 노동의 소외는 물론이거니와 심지어 인간의 무의식까지 상품으로 포장되는 근대를 살아가고 있으며, 앞으로도 그럴 것이기 때문이다. 『난쏘공』의 생명력이 현재진행형인 이유도 바로 여기에 있다.

09 이효석의 「메밀꽃 필 무렵」

"산허리는 온통 메밀밭이어서 피기 시작한 꽃이 소금을 뿌린 듯이
흐뭇한 달빛에 숨이 막힐 지경이다"

"달밤에는 그런 이야기가 격에 맞거든."

조선달 편을 바라는 보았으나 물론 미안해서가 아니라 달빛에 감동하여
서였다. 이지러는 졌으나 보름을 가제 지난 달은 부드러운 빛을 흐뭇이 흘
리고 있다. 대화까지는 칠십 리의 밤길, 고개를 둘이나 넘고 개울을 하나
건너고 벌판과 산길을 걸어야 된다. 길은 지금 긴 산허리에 걸려 있다. 밤
중을 지난 무렵인지 죽은 듯이 고요한 속에서 짐승 같은 달의 숨소리가 손
에 잡힐 듯이 들리며, 콩 포기와 옥수수 잎새가 한층 달에 푸르게 젖었다.
산허리는 온통 메밀밭이어서 피기 시작한 꽃이 소금을 뿌린 듯이 흐뭇한
달빛에 숨이 막힐 지경이다. 붉은 대궁이 향기같이 애잔하고 나귀들의 걸
음도 시원하다. 길이 좁은 까닭에 세 사람은 나귀를 타고 외줄로 늘어섰다.

방울소리가 시원스럽게 딸랑딸랑 메밀밭께로 흘러간다. 앞장선 허생원의 이야기소리는 꽁무니에 선 동이에게는 확적히는 안 들렸으나, 그는 그대로 개운한 제멋에 적적하지는 않았다.

❀

학창 시절 왜 유행가는 천편일률적으로 사랑을 노래하는가 하는 의문을 품은 적이 있다. 이 의문이 완전히 해소된 것은 아니지만, 일단 사랑이 인간의 근원적 욕망을 매개하기 때문이 아닐까 조심스레 생각해 본다. 사랑은 '너와 나의 하나됨'을 추구한다. 단독자로 세상에 던져진 인간의 고독한 운명은 끊임없이 타자와의 소통을 꿈꾸게 한다. 죽을 때까지 타자와 완전한 소통 혹은 하나됨을 성취할 수 없는 유한한 존재인 인간은 사랑을 통해 타자와 하나됨을 꿈꾼다.

이를테면, 사랑의 행위인 섹스를 생각해 보자. 인간은 왜 그토록 섹스에 집착하는가? 섹스는 너와 나의 일시적인 하나됨을 가능하게 한다. 비단 육체적 사랑뿐만 아니라 정신적 사랑도 대상과 하나됨을 추구하기는 마찬가지다. 이러한 사랑의 결실은 자연스레 종족을 보존하는 중요한 수단이 된다. 사랑하는 연인은 결혼을 통해 가정을 이루기 마련이다. 이 가정은 자식들을 낳고 양육한다. 부모님들의 자식 사랑은 영원성을 획득하려는 인간의 근원적 욕망을 매개한다. 죽음을 존재론적 숙명으로 안고 살아가는 인간은 자식을 통해 간접적으로 영생을 부여받는다. 영원성에 대한 욕망이 자식들의 유전자를 통해 면면히 계승되고 있는 것이다.

이처럼 사랑은 하나됨(소통 욕망)과 영원성의 욕망을 매개한다. 이로 인해 사랑, 특히 성性에 대한 탐색은 인간 존재의 원형질을 탐구하는 작업이 되는 것이다.

한편, 인간은 자연을 노래하는 서정을 통해 스스로의 본질을 되새김질하는 계기를 마련한다. 여기에서 서정이란 단순히 자연을 노래했다는 사실만을 의미하지는 않는다. 자연이 지닌 속성, 즉 순환성(영원성)과 순수성을 통해 인간의 유한성이나 이기적 본성을 승화·정화하려는 의도를 담고 있어야 한다.

이러한 사랑과 서정의 결합이야말로 이효석이 「메밀꽃 필 무렵」을 통해 인간의 원형적 본질에 다가가려 한 키워드다. 그 절정이 위의 인용문에 드러나 있다. 짜릿하고 아름다운 사랑에 대한 추억은 달밤의 낭만적 분위기 속에서 자연으로 확장된다. '짐승 같은 달의 숨소리'나 '흐뭇한 달빛에 숨이 막힐 지경이다' 같은 표현은 마치 '달'과 사랑을 나누는 듯한 인상을 준다. 부드러운 '달빛'을 매개로 낭만적 사랑과 자연친화의 서정이 아름답게 교감하고 있는 장면이다.

　이렇듯, 이효석은 일제강점기의 암울한 현실과 대비되는 순수하고 순결한 자연의 세계를, 인간의 원초적 본능인 성性과 결합시켜 우리 근대 문학사의 한 페이지를 장식하고 있다. 하여, 「메밀꽃 필 무렵」은 인간의 근원적 속성인 꿈꿀 권리가 아름답게 직조되어 있는 한 편의 비단과도 같다. 이효석의 소설이 격변의 근·현대사 속에서 우리 문학이 소홀히 해온 부분을 보충해 주고 있는 지점은 바로 여기다.

10 이상의 「날개」

"날개야, 다시 돋아라.

날자. 날자. 날자. 한 번만 더 날자꾸나."

이때 뚜우하고 정오 싸이렌이 울었다. 사람들은 모두 네 활개를 펴고 닭처럼 푸드덕거리는 것 같고 온갖 유리와 강철과 대리석과 지폐와 잉크가 부글부글 끓고 수선을 떨고 하는 것 같은 찰나, 그야말로 현란을 극한 정오다.

나는 불현듯이 겨드랑이가 가렵다. 아하, 그것은 내 인공의 날개가 돋았던 자국이다. 오늘은 없는 이 날개, 머리 속에서는 희망과 야심의 말소된 페이지가 딕셔내리 넘어가듯 번뜩였다.

나는 걷던 걸음을 멈추고 그리고 어디 한번 이렇게 외쳐 보고 싶었다.

날개야, 다시 돋아라.

날자. 날자. 날자. 한 번만 더 날자꾸나.

한 번만 더 날아 보자꾸나.

이상의 「날개」는 1936년에 발표된 작품으로, 전통적인 서사 양식의 규범을 벗어난 파격적인 소설로 평가된다. 매춘부인 '아내'에 기생해 살아가는 무기력한 화자의 분열된 내면을 '의식의 흐름' 기법으로 형상화한 심리주의 소설의 대표작이다.

이상은 자신을 '박제剝製가 되어버린 천재'에 비유했다. 오만과 천재성에서 비롯된 섬세한 자의식과, 식민지 근대라는 암울한 현실이 스미고 짜여 있는 이 명제는, 일제강점기를 치열하게 살아간 모더니스트의 절규絶叫이기도 하다. '현해탄을 건너려던 나비'로 표상되는, 이 명징하고도 섬세한 지식인의 비명을 상기하지 않더라도, 바쁜 일상에 쫓겨 살아가는 현대인들은 이미 박제가 되어버린 지 오래다. 저 푸르른 창공을 자유롭게 비상했던 기억은 무의식의 심연深淵으로 가라앉고, 이제 그러한 기억이 존재했는지조차 인식하지 못한 채 하루하루를 견디고 있을 따름이다.

마치, 최승호의 '북어'처럼.

밤의 식료품 가게
케케묵은 먼지 속에

죽어서 하루 더 손때 묻고

터무니없이 하루 더 기다리는

북어들,

북어들의 일 개 분대가

나란히 꼬챙이에 꿰어져 있었다.

나는 죽음이 꿰뚫은 대가리를 말한 셈이다.

한 쾌의 혀가

자갈처럼 죄다 딱딱했다

나는 말의 변비증을 앓는 사람들과

무덤 속의 벙어리를 말한 셈이다.

말라붙고 짜부라진 눈,

북어들의 빳빳한 지느러미,

막대기 같은 생각

빛나지 않는 막대기 같은 사람들이

불쌍하다고 생각하는 순간,

느닷없이

북어들이 커다랗게 입을 벌리고

거봐, 너도 북어지 너도 북어지 너도 북어지

귀가 먹먹하도록 부르짖고 있었다.(최승호의 「北魚」 전문)

　「날개」의 화자가 '정오 싸이렌'을 매개로 '희망과 야심의 말소된 페이지'를 소환하듯, 우리들도 잠시 잊고 지낸 '싱싱한 지느러미'를 되찾아 꿈과 희망의 바다로 자맥질해 보면 어떨까. 상상의 나래를 펴고, 학교와 가정의 울타리를 넘어, 저 푸르른 '하늘/바다'를 향해 비상해 보자.

11 김종광의 「경찰서여 안녕」

"나를 기다려주는 것이 없어도 좋았다. 나를 기다리고 있는 것이
그 무엇이라도 좋았다."

수많은 얼굴이 보였다. 형, 형수, 3학년 때 담임선생, 파출소 경찰들, 백
형사, 이씨 할머니, 천안댁, 정수, 성만, 명오, 수경…… 그리고 유형사의
얼굴이 오래도록 보였다. 삔 발목에 깁스를 하고 병실에서 소주를 마시고
있는, 나, 이강수만을 생각하고 있다는 유형사가.

그리고, 그리고 또 무엇인가가, 이제까지 떠오른 얼굴들과는 다른, 전혀
다른 무엇인가가 보였다. 감나무였다. 그리고 또 보였다. 감나무에 쇠줄로
묶인 채, 문밖 불빛 가득 피어 있는 들판을 향해 고통스럽게, 있는 힘을 다
해, 한없이 짖고 있는 검둥이가. 그 검둥이는 쇠줄만 풀어주면 나를 버리고
들판을 향해 달아났었다. 아무리 때려도, 아무리 구슬려도 쇠줄만 풀어주
면 미련도 없는지 또다시 달아났었다.

들판에 뭐가 있기에, 바라보기에 좋은 불빛만 가득하고, 바람만 요란하게 불 텐데. 저를 반겨줄 것이라고는 고작해야 집 잃은 개, 아니면 보신탕을 좋아하는 인간들이 다면서 뭐가 그리 좋은지, 큰 귀를 펄럭이면서 뛰어갔었다.

그래 들판에는 아무것도 없을지 몰라. 아무것도. 울음을 그치고 눈물을 닦았다. 언제 울었냐는 듯이, 나의 날카로우며 강인한 눈빛이 어둠 속에서도 빛나기를 원했다.

나는 누가 뭐래도 괴도 루팡을 뛰어넘는 천재 도둑이었다. 나를 기다려주는 것이 없어도 좋았다. 나를 기다리고 있는 것이 그 무엇이라도 좋았다.

❀

김종광은 「경찰서여, 안녕」을 통해, '경찰서'가 상징하는 권위적(공식적) 이미지 이면에 감춰진 다양한 인물들의 인간적인 면모를 따스한 시선으로 들추어낸다. 이 시선을 통해 경찰서는 규율, 억압의 꼬리표를 떼고 사람이 살아가는 구체적 일상의 공간으로 되살아난다. 그의 인물들은 선악의 이분법으로 쉽게 재단되지 않는다. 소년을 못살게 굴고 걸핏하면 폭행하는 유형사의 냉혹한 행위 뒤에는, 자신의 불행했던 과거가

소년에게 되풀이되지 않기를 바라는 진솔한 내면이 스며 있다. 식당의 김치를 몰래 훔쳐 먹는 전투경찰과, 이를 고자질하는 인물 등 경찰서 주변 사람들의 인간적인 삶은 독자들의 시선을 사로잡기에 충분하다. 우리들의 모습이기 때문이리라.

'점심 메뉴는 무엇으로 할까'에서부터 '죽느냐 사느냐'의 문제에 이르기까지, 우리의 삶은 무한한 선택의 연속으로 이루어져 있다. 이 선택의 갈림길에서 고민하는 순간은 짧지만, 그 파장은 결코 짧지 않다. 선택 이후의 삶이 전혀 다르게 펼쳐지기 때문이다. 그래서 선택은 늘 매혹과 두려움을 동반하는 것인지도 모른다.

여기, 경찰서 내에서 잔심부름을 하는 한 소년의 선택이 있다. 도벽이 심한 문제아였는데, 한 형사의 보호 아래 경찰서에 머무르고 있다.

자유냐 구속이냐? 문제는 간단치 않다. 자유에는 불확실한 미래에 대한 두려움이 뒤따르고, 구속에는 편안하고 안정된 근대적 일상이 보장되어 있기 때문이다.

인용문은 탈출을 감행하는 순간 소년에게 떠오른 상념이다. 미운정이 든 유형사의 품으로 돌아가고 싶은 유혹을 느끼기도 하지만, 소년은 결국 경찰서를 떠나기로 마음먹는다. 쇠줄에 묶인 '검둥이'로 표상되는 안락하고 편안한 구속(경찰서)보다는, '바람'이 '요란하게 불지만' 한편으론 자유로운 '들판'을 선택한 것이다.

미지의 세계를 향해 모험을 떠나는 존재야말로 인류 문명의 창조자가 아니었던가. 일상에 안주하지 않고 늘 새로운 모험을 꿈꾸는 '문제적 주인공들'의 험난한 운명이야말로 우리의 삶과 문학을 살찌우는 마르지 않는 자양분이다.

소년이 첫발을 내딛는 "들판에는 아무것도 없을지" 모른다. 나아가 그를 "기다려주는 것이 없"을지도 모른다. 하지만 소년은 실망하지 않는다. 자신을 "기다리고 있는 것이 그 무엇이라도 좋"다. 그는 '그 무엇'을 새롭게 창조할 무한한 가능성을 품었기 때문이다.

경찰서를 떠나는 소년에게 격려의 박수를 보낸다.

12 송기원의 「아름다운 얼굴」

"이제 막 풋물이 오르는 사춘기의 소년에게 자신의 얼굴에 면도날까지 대게 한 것은 무엇이었을까. 혹시 그것이 바로 아름다움은 아니었을까."

내 낡은 사진첩에는 태어나서부터 중학교를 졸업할 무렵까지의 사진이라고는 거의 없다. 고작 남아 있는 것이라고는 국민학교와 중학교의 졸업 기념 사진뿐인데, 거기에서도 내 얼굴은 찾아낼 수가 없다. '6학년 2반 졸업기념'이라는 글이 들어 있는 국민학교 졸업사진에는, 시골 학교답게 낮은 지붕의 교사와 드높은 하늘을 배경으로 예순 명 남짓한 아이들이 저마다 들뜬 표정을 감추지 못하고 있다. 그렇게 들뜬 표정들 가운데 단 한 군데만이 날카로운 면도날 자국을 남긴 채 지워져 있다. 면도날 자국이 바로 내 얼굴인 셈이다. 중학교의 졸업 사진에도 내 얼굴은 면도날 자국으로만 남아 있다.

삼십 년이 훨씬 지나버린 지금까지도 예의 사진을 대하면 나는 얼핏 자신의 얼굴을 스쳐 지나가는 면도날을 느낀다. 그러면 나는 어쩔 수 없이 흐린 삼십 촉짜리 전등 아래서 자신의 얼굴이 들어 있는 모든 사진을 찢고 있는 사춘기 무렵의 소년을 떠올린다. 그 소년의 떨리는 손이 마침내 '6학년 2반 졸업기념'을 집어올리고, 차마 해맑게 웃는 동무들의 모습은 찢을 수가 없어서 자신의 얼굴만 지운 채 남겨두는 여린 마음까지 되살아오면, 나는 이번에는 얼굴이 아니라 바로 가슴살을 가르며 지나가는 면도날을 느낀다.

이제 막 풋물이 오르는 사춘기의 소년에게 자신의 얼굴에 면도날까지 대게 한 것은 무엇이었을까. 혹시 그것이 바로 아름다움은 아니었을까.

얼마 전 미국 언론에서 뒷맛이 개운하지 못한 기사를 접한 적이 있다. 한국이 동양 미인의 기준을 바꿔놓고 있다는 것이다. 아시아인들이 한국 미인들의 얼굴형을 기준으로 성형수술을 받는 사례가 늘고 있기 때문이라 한다. 기사의 마지막 대목이 씁쓸했다. 그런데 그 한국 미인들의 얼굴형이 서구적 미인의 그것에 가깝다는 것이다. 이렇듯 우리는 롱다리, 작은 얼굴, 볼륨 있는 체형, 8등신, 하얀 피부 등 서구적 아름다움의 이미지가 넘쳐나는 시대에 살고 있다.

'불'의 시대였던 1980년대 대학가에서 가장 아름다운 장면으로 꼽혔던 이미지가 떠오른다. 뿌연 최루탄 연기 속, 전투경찰과 맞서 화염병을 들고 구호를 외치는 젊은이의 모습이었다. 오늘날에는 폭도로 오해받기 쉬운 장면이다. 그러나 그 시대엔 불의에 맞서 자신의 젊음을 불태우는 뜨거운 열정이야말로 가장 아름다운 가치로 꼽혔다.

화려한 외모에 압도당해 내면의 아름다움을 곱씹어볼 여유가 없다면, 송기원의 「아름다운 얼굴」을 음미해 보는 것은 어떨까. 작가는 이 작품에서 자기혐오야말로 아름다움을 살찌우는 자양분이라 말한다. 사춘기 무렵 떨리는 손으로 졸업사진에 박힌 자신의 얼굴을 도려내는 소년의 표정을 상상해 보자. "누군가 처음으로 빠지는 자기혐오란 어쩌면 훗날 화려하게 피어날 아름다움이라는 꽃의 싹눈은 아닐까"라는 작가의 조심스러운 진단을 되새기면서.

작가에 의하면 사춘기란 이른 봄 같은 것인지도 모른다. 무언가 막 시작되려는 자신의 인생에 대한 예감은 가득한데, 실체는 어느 하나 손에 잡히지 않는다. 예감은 견딜 수 없는 갈증으로 변하고, 이제 막 시작되려는 장밋빛 인생 대신에 자신에게 주어진 구질구질한 일상만이 매서운 바람과 칼날 같은 추위가 되어 여린 살을 찢는다. 가난과 증오로 얼룩진 비참한 환경에서 벗어나는 방법을 알지 못한 소년이 할 수 있는 일이라고는, 내면의 치명적인 상처를 응시하며, 자신의 운명을 증오하고, 면도칼로 자신의 얼굴을 지우는 식의 자기혐오뿐이다. 하지만 사춘기의 어린 나이에 자신의 삶을 되돌아보고 돌이킬 수 없는 운명의 조건에 맞서는 방법으로 선택한 자기혐오야말로, 자아의 껍질을 깨는 아픔을 통해 되살아나는 아름다움의 정수精髓가 아닐까. 치명적인 콤플렉스에 아름다움의 실루엣을 투사하는 송기원 문학의 진경은, 이렇듯 상처받은 내면을 정직하게 응시하는 도발적인 시선에서 비롯된다.

「아름다운 얼굴」을 곱씹으며, 눈에 보이는 겉모습에 신경 쓰느라 잠시 놓아버린 내면의 무늬를 되새김질해 보자.

13 김연수의 「스무 살」

"생에서 단 한 번 가까워졌다가 멀어지는 별들처럼 스무 살, 제일
가까워졌을 때로부터 다들 지금은 너무나 멀리 떨어져 있다."

당시 내 생각으로는 나에게 결핍된 것은 그딴 것들이 아니라, 강렬한 삶
의 경험이었다. 온몸을 불태우는 강렬한 사랑이라든가, 열정, 광기 등등.
하지만 실제 생활에서 나는 무엇 하나 강렬하지도 못했다. 나는 늘 뜨뜻미
지근한 사람으로 스스로를 여겨왔고 그것은 지금도 그렇다.

대학을 진학하면서 나는 대체적으로 운명의 힘을 믿게 됐다. 세상의 모
든 일은 인간의 의지와는 무관하게 어떤 보이지 않는 손이 움직이는 것이
라고. 나는 어떠한 반항도 하지 않고 그저 그 손의 힘에 굴복했다. 어려운
경우가 닥치면 주사위를 던지듯이 나는 그 일에서 빠진 채, 일이 되는 대로
내버려두고 그 결과를 받아들이는 짓을 너무도 많이 했다. 그럴 경우에 대
개는 좋게 해결됐기 때문에 나는 아직도 그런 심성을 가지고 있다. 지금 일

어나는 일들도 한 이백 년 정도가 지나면 조금 이해될 수 있으리라고 믿는다. 하지만 불행한 것은 내가 이백 년 동안이나 살아 있을 수는 없다는 점이다. 결론적으로 말하자면 나라는 인간은 자신에 대해 아무런 이해도 없이 살아가고 있다.

(중략)

생에서 단 한 번 가까워졌다가 멀어지는 별들처럼 스무 살, 제일 가까워졌을 때로부터 다들 지금은 너무나 멀리 떨어져 있다.

1980년대와 1990년대 사이에는, 정의와 평등을 기치로 내건 민주화 투쟁의 후끈한 열기와, 역사 · 이념에 대한 환멸을 전제로 대중문화와 몸을 섞은 자발적이고 유희적인 충동의 거리만큼이나 두꺼운 벽이 가로놓여 있는 듯하다.

김연수의 「스무 살」은 이 사이에 낀 세대의 초상을 포착한 작품이다. 이를 통해 우리는 독특한 젊음의 한 표정을 감상할 수 있다.

작품 속 화자가 스무 살이 된 것은 1989년이다. 1989년은 소련을 중심으로 한 동구사회주의권이 붕괴 조짐을 보이기 시작하던 시기며, 우리에겐 이념의 열정이 막 스러지던 때다.

화자는 왜 대학에 가야 하는지, 그리고 대학에 가서 무엇을 해야 하는지에 대한 뚜렷한 신념이 없다. 그러니 무엇 하나에 심취하여 열정적으로 뛰어들지 못한다. 화자는 시위 현장에서 "대충 중간쯤에서 손 흔들면서 구호나 외치다가 최루탄이 터지면 뒤도 돌아보지 않고 뛰어가는 녀석"이었는데, 당시 대학에 "나 같은 놈들은 수천 명도 넘게 있었다"고 회고한다.

인용문에 드러난 고백은 지난 시절 문학이 보여준 대학에서의 "강렬한 삶의 경험"이 소진되었음을 암시한다. 여기에는 뜨거웠던 열정에 대한 환멸이 스며 있다.

화자는 1989년의 마지막 아르바이트에서 한 친구를 만난다. 클래식 기타리스트가 꿈이었던 친구는 법학과에 다니고 있다. 그는 '왼손 가운뎃손가락과 넷째 손가락'의 '둘째마디'를 잃었다. 자신의 꿈을 실현할 수 없는 불구의 상태에 놓인 것이다. 이 친구야말로 지난 시대를 무 자르듯 외면할 수도, 그렇다고 전면적으로 수용할 수도 없는 작가의 딜레마를 반영하는 것 아닐까. 법학과에 다니면서 음악을 듣는 것에 만족하는 조금은 우울한 삶. 이는 과거의 열정(꿈)을 '간접화·매개화'하여 흡수하는 것이나 다름없다.

김연수의 「스무 살」은 1989년이라는 시기가 시사하듯, 1980년대의 이념과 1990년대의 환멸을 매개하는 작품이다. 그리하여 이 작품은 이념과 환멸

사이에 긴 세대의 작가의식을 반영한다.

작가는 이러한 시대적 특수성을 인생의 본질적인 문제로까지 확장하고 있다.

근대 사회에서 자신의 꿈을 실현하며 살아가는 사람은 얼마나 될까? 주위 사람들에게, 학창 시절의 꿈에서 얼마나 멀리 와 있냐고 물어보자. 대다수 사람들이 까마득하게 멀어진 자신의 모습을 곱씹으며 화들짝 놀랄 것이다.

"생에서 단 한 번 가까워"지는 '별'과 같은 '스무 살'(젊음)은, "제일 가까워졌을 때로부터 다들 지금은 너무나 멀리 떨어져 있"기 때문에 그만큼 소중하고 아름다운 것이다.

14 이재웅의 『그런데, 소년은 눈물을 그쳤나요』

"나는 사탄이 좋아요. 사탄은 맨날 지고, 욕만 먹고, 쫓겨 다니기만 하잖아요."

그 계집아이는 나와 동갑내기로 그 당시 일곱 살이었다. 집이 무척 가난했다. 아빠는 병으로 앓아누워 있었고, 엄마는 식당 일을 했다. 그 계집아이는 선교회의 모든 유치부 아이들을 괴롭혔다. 나만 예외였다. 어느 날 나는 물었다. "나는 왜 괴롭히지 않니?" 그 계집아이가 대답했다. "너도 나처럼 가난하니까."

"이곳에 다니는 아이들은 모두 가난해." 나는 말했다.

"맞아. 모두 정식 유치원에 다닐 수 없으니까 이곳에 오는 거야. 이곳은 무료니까. 하지만 점심을 얻어먹기 위해 이곳에 오는 아이는 너와 나뿐이야."

그녀 때문에 많은 아이들이 울었다. 그녀는 결코 울지 않았다. 아무리 많이 맞아도 울지 않았다. 오히려 덩치 큰 사내아이들이 주먹을 휘두르다 겁에 질려 울곤 했다.

"넌 강하구나." 나는 말했다.

"맞아. 나는 강해. 나는 눈물을 흘리지 않는 법을 알아."

"어떻게 하면 울지 않는데?"

"마음속으로 울면 돼."

그녀가 아이들을 괴롭히는 일은 점점 잦아졌다. 어떤 아이들은 그녀 때문에 선교회의 무료 유치부에 나오지 않았다. 어느 날 그녀는 또 한 아이를 울렸다. 선교회의 여선생이 그녀의 손을 잡고 밖으로 나갔다.

"너는 왜 다른 아이들을 괴롭히지?" 그녀가 물었다.

"증오하니까요."

"그건 사탄의 마음이야."

"맞아요. 사탄의 마음이에요. 나는 사탄이 좋아요. 사탄은 맨날 지고, 욕만 먹고, 쫓겨 다니기만 하잖아요. 선생님은 맨날 천사처럼 살아야 한다고 하지만 천사는 가난하지도 않고, 더러운 옷도 입지 않고, 저 하늘 위에서 웃을 일밖에 없는데 왜 제가 천사를 좋아해야 하죠?"

그 계집아이는 그날 오후 유치부에서 쫓겨났다. 그리고 일주일 후 도로 위에서 죽었다. 거대한 화물트럭이 그녀를 들이받았던 것이다. 유치부 여선생은 울었다. 울면서 말했다.

"그 애는 천사가 됐을 거야."

나는 울지 않았다. 울지 않으면서 말했다.

"그 애는 사탄이 됐을 거예요."

그때, 나는 내 머리를 온통 지배했던 막연했던 감정의 정체를 알았다. 그건 증오였다.

❀

이 작품을 읽는 내내 '늙은 소년'의 시선이 부담스러웠다. 아니, 두려웠다. 자본주의를 살아내기 위해 잠시 놓아버린 자의식의 심연深淵을 들추어내고 있기 때문일까. '늙은 소년'의 독백체는 우리의 내면 깊숙이 가라앉아 있는 양심의 목소리를 소환한다. '어쩔 수 없지 않느냐'는 변명으로 합리화한 일상의 메커니즘을 질타하며, 내면을 정면으로 응시하라고 채찍질한다. 세상에 대한 환멸과 냉소로 얼룩진 '늙은 소년'의 시선이 돌고 돌아 우리의 내면에 꽂힌다. 이를테면, 자본의 논리에 순응하면서도 짐짓 문학의 논리로 이를 거부하려는 태도를 취해 온 지금까지의 허위의식이 까발려졌다고나 할까. 이 작품이 주는 불편함은 여기에서 기인한다.

그렇다면 세상/가난 속으로 내던져진 '늙은 소년'이 체념과 환멸(냉소) 사이를 오가며 자신의 존재를 힘겹게 지탱하고 있는 모습은, 근대인이 자발적으로 소외시킨 무의식의 내밀한 초상이 아닌가.

'늙은 소년'의 독백은 내면의 목소리를 애써 외면하며 근대적 일상에 몸을 맡기는 현대인의 음흉한 욕망과 공명共鳴하며 우리 사회의 아포리아를 날카롭게 해부한다. 세상을 향해 돌진하는 '늙은 소년'의 독설이 현대인의 내면을 사정없이 후벼 파는 것이다.

이 작품에는 '늙은 소년' 또래의 인물이 여럿 등장한다. 화자에게 사탄의 '증오'를 가르쳐준 계집아이, 창녀가 되고 싶어 하는 소녀 '정완주', 그리고 고아원에서 탈출한 열세 살의 김태호 등이다. 이들은 현대인들의 뒤틀린 욕망과 억압, 그리고 정신적 황폐함을 소환하고 있다는 점에서 어른들의 세계를 되비추어 주는 거울이다.

특히, 인용문에 소개된 계집아이는 우리 사회의 치부를 사정없이 들쑤신다. 계집아이는 화자에게 "눈물을 흘리지 않"고 "마음속으로" 우는 법을 가르쳐준다. 그리고 천사가 배제한 음울한 사탄의 세계로 인도한다. 이 계집아이를 통해 화자는 "점심을 얻어먹기 위해" 무료 선교회 유치원에 다녀야 하는 가난한 사탄의 운명을 자각한다. 그리고 증오를 배운다. 이를 통해 작가는 가난의 '맨 얼굴'을 섬뜩하게 길어 올리고 있다. '늙은 소년'의 시선은 이들과 길항 작용을 하며 더욱 날카롭게 벼려지고 있다. 과연 누가 이 사탄에 기댄 계집아이를 우리의 자식이 아니라고 강변할 수 있겠는가.

공허한 메아리로 돌아올 가능성이 높지만, 그래도 작가 아니 그 누군가에게 다시 물어야겠다.

"그런데, 소년/소녀는 눈물을 그쳤나요?"

15 박민규의 「갑을고시원 체류기」

"참치도 인간도 결국은, 밀실에서 살아간다."

들어와 누운 지 얼마 지나지 않아 옆방의 문이 큰 소리로 울렸다. 평소와는 확실히 다른 소리였다. 무슨 일이 있었던 걸까. 도대체 김검사에겐 어떤 사연이 있는 걸까. 그 여자는 누구였을까. 궁금한 가운데 새벽의 정적 속에서 〈쟁쟁쟁쟁〉 뭔가 아주 작은 소리로 계속해서 훌쩍이는 소리가—삼투압에 의해, 베니어의 세포막을 넘어—내 방까지 스며들었다. 그것은 마치, 멀리서 들려오는 슬픈 벌레의 울음 같았다.

얼마나 시간이 지났을까. 벌레의 울음이 심한 부스럭거림으로 대체되었다. 마치 무언가를 급하게 찾는 느낌이었다. 인생에 반드시 필요한 그 무엇—어쩌면 그녀의 사진이 아닐까. 혹은 최초로 받았던 그녀의 러브레터? 도무지 잠을 이룰 수 없는 밤이었다. 그 부스럭거림은 점점 더 신경질적이 되어갔다. 오늘은 정말이지 조심해야겠다, 라고 나는 생각했다.

큰일이다.

그때 어떤 거대한 기운이 뱃속에서 폭발하는 느낌이었다. 한순간의 일이었다. 그것은 분명 메탄이 아니라 LPG였고, 아무리 엉덩이를 잡아당긴다 해도 수습할 성질의 것이 아니었다. 더불어 진짜 큰 문제는 움직일 수가 없다는 점이었다. 움직이기만 해도—결코 온순한 열대어가 아닌, 한 마리의 백상어가 입을 벌린 채 튀어나올 것만 같았다.

술자리의 과식을 탓하며 나는 조심스레 엉덩이를 잡아당겼다. 최대한, 그리고 내가 할 수 있는 최선을 다해 화가 난 백상어를 달래고 또 달래었다. 결국 튀어나온 것은 한 마리의 참치였다. 그나마 성공이라고 생각했지만, 문제가 끝난 것은 아니었다. 뭐랄까, 백상어가 작아져서 참치가 된 것이 아니라—한 마리의 백상어가 여러 마리의 참치로 쪼개진 느낌이었기 때문이다. 여러 마리의 참치는 결코 만만한 것이 아니었다.

아, 씨.

분명 그런 소리가 옆방에서 들려왔다. 낮은 소리였지만 분명한 불쾌감과 초조함이 그 속에는 녹아 있었다. 두 번째 참치가 튀어나왔을 때는 예의 부스럭거림과 아, 씨가 나란히 최고조를 이루었다. 나는 두려웠다. 그래서 오늘은 정말이지…라고 결심하는데 그만 세 번째 참치가 순전히 자신만의 의지로 튀어나왔다. 맙소사 비록 의도가 아니긴 했어도, 그 크기가 거의 〈노인과 바다〉 수준이 아닌가. 후회를 했으나 이미 때는 늦었다. 벌컥 옆방의 문이 열리는 소리를 나는 들었고, 곧이어 연결된 네 번의 노크 소리를 나는 들었다. 이건 마치 〈운명〉이 아닌가. 이젠 죽었다, 라는 생각으로 문을 열자―다름 아닌 김검사가 작은 눈을 부릅뜨고 서 있었다. 상기된 얼굴로 그가 말했다.

휴지를… 좀 얻을 수 있을까?

휴지를 말아 쥔 채 복도를 빠져나가는 김검사를 바라보면서―나는 웃음이 나오거나, 슬프거나, 어떤 비애를 느끼기보다는―외로웠다. 어둠 속에서 화장실의 문이 급하게 개폐開閉되는 소리가 들렸고, 〈쟁쟁쟁쟁〉 뭔가 아주 작은 소리의 음악 같은 것이―삼투압에 의해, 화장실의 세포막을 넘어―내 귀까지 스며들었다. 문을 닫았다. 네 번째의 참치는 이미 뱃속에서

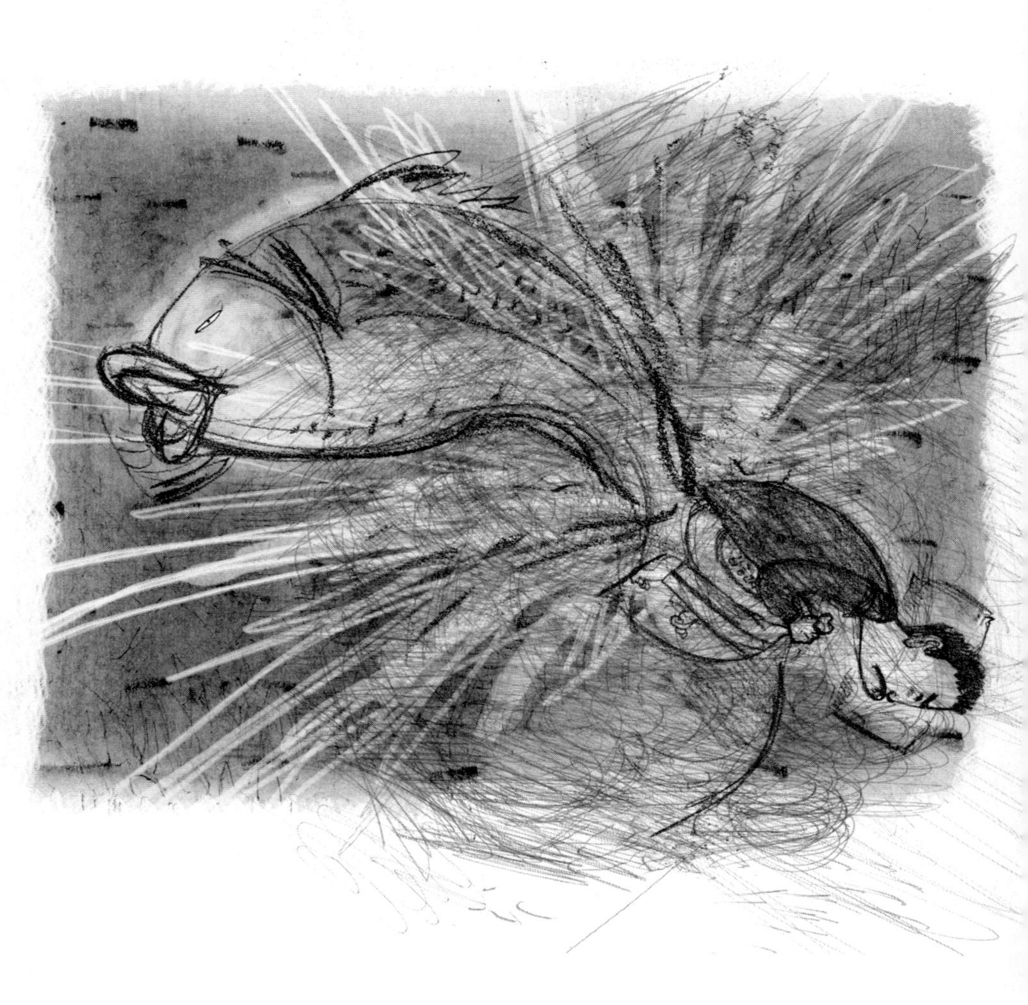

한 통의 통조림이 되어버린 지 오래였다. 참치도 인간도, 결국은 밀실에서 살아간다. 그런 낙서라도 하고 싶은 심정이었다.

❀

IMF 구제금융 시기의 고통스러운 경제 상황은 우리 소설에 새로운 풍경을 그려 넣었다. 당시의 절박한 현실을 박민규는 가벼움/무거움, 농담/진담, 디테일/비약 등의 경계를 오가며, 가볍고 경쾌하지만 찡한 여운의 무늬로 포착하고 있어 단연 돋보인다.

그의 소설 「갑을고시원 체류기」 속으로 진입해 보자. 1991년 봄 아버지의 사업이 부도를 맞았다. 집은 사라지고 가족들은 뿔뿔이 흩어졌다. 한순간의 일이었다. 형의 퇴직금으로 학교를 다니는 여러모로 부끄러운 삼류 대학생이 된 화자는, 도서관의 양지바른 테이블 위에서 한 마리의 달팽이처럼 느리고 끈적하게 생활정보지의 곳곳을 기어 다닌다. 화자는 월 9만 원에 식사까지 제공하는 '갑을고시원'에 정착한다.

그는 장학금을 타기 위해 열심히 공부했고, 닥치는 대로 아르바이트를 했다. 교수로부터 "넌 참 눈에 띄지 않는다"란 얘기를 들었으며, 조교로부터는 "애늙은이"란 소리를 들었다. 이렇게 해서 장학금을 받아내긴 했으나, 과중한 아르바이트와 '정숙'의 스트레스는 알게 모르게 심신을 지치게 한다.

다리를 뻗고 누울 수조차 없는 좁은 공간(갑을고시원)에서 소리와 씨름하는 눈물겹도록 애처로운 모습은, 웃음과 눈물이 뒤엉킨 박민규 소설의 정점이라 할 수 있다. 조금 엿보기로 하자.

상체와 하체를 동시에 움직이는 행동이 거의 불가능하기 때문에, 나중엔 결국 움직임 자체가 거의 없어진다. 다리를 뻗을 수 없으니 늘 어딘가가 뭉쳐 있는 느낌이고, 몸은 점점 나무처럼 딱딱해져간다. 1센티미터 두께의 베니어로 나뉜 칸칸마다 남자나 여자들이 빼곡히 들어차 있다. 그 속에서 다들 소리를 죽여가며 방귀를 뀌고, 잠을 자고, 생각을 하고 자위를 한다. 살아간다. 생각할수록 하나의 장관이다. 뭔가 통해 있고, 비릿하고, 술렁이는 느낌이다. 문은 늘 잠겨 있고, 창문은 없다.

이곳에서 자신을 부끄러워하지 않는 남자는 오직 사법고시를 준비하는 '김검사' 뿐이다. 그는 언제나 당당했고, 누구 앞에서도 꼿꼿했으며, 무엇을 해도 늘 열심이었다. 적어도 이곳에서 그는 완전한 검사였다.

어느 날, 귀갓길이었다. 나무를 등진 채 서 있는 묘령의 여자가 보였고, 김검사는 그 앞에서 울고 있었다. 처음 보는 여자였다. 여자는 냉랭했고, 김검사는 계속 뭔가를 하소연하고 있었다. 여자는 결국 김검사의 손길을 뿌리치며 언덕 아래로 내려갔다. 놀란 화자는 다급히 방으로 올라왔다.

이어지는 대목이 인용문이다. 1센티미터 베니어판을 사이에 두고 김검사와 화자는 소리와의 전쟁을 시작한다. 김검사의 신경을 건드리지 않기 위해 노력하는 화자의 필사적인 행동은, 슬프면서도 한편으론 우스꽝스럽다. 방귀를 참으려는 모습이 눈물겹도록 치열하게, 아니 치밀하게 그려져 있다. 백상어, 참치, 열대어(여기에 메탄과 LPG의 이미지도 덧붙여진다)로 비유된 방귀의 무게와, 백상어와 참치를 오가며 수놓아진 절박한 심정은, 처절한 생존환경과 공명共鳴하며 강한 여운을 남긴다. 이러한 여운은 독자들을 간지럼 태우며, 웃음을 유발한다. 너무 웃으면 눈물이 나는 법. 급기야 소리 없는 울음을 불러오기에 이른다. 이 웃음과 울음이 뒤엉킨 장면이야말로, IMF 시대의 풍경을 길어 올린 「갑을고시원 체류기」의 명장면이라 할 만하다.

16 채만식의 『소년은 자란다』

　“젠장맞을! 이거 해방 잘못됐어, 잘못돼……. 어서 해방을 고쳐 해
야지”

“참, 비싼 해방값을 치렀구려!”

헌것이나마 외투를 하나 입고 있기는 해도 오 선생의 차림은 대이수구에
있을 때보다 별로 나아진 구석이 없었다. 기운은 오히려 줄어든 것 같았다.

해방이 되었다는 소식을 처음 가지고 와 날뛰던 기운을 볼 수 없었다. 해
방 전의 오 선생으로 돌아간 느낌이 없지 않았다.

“젠장맞을! 이거 해방 잘못됐어, 잘못돼……. 어서 해방을 고쳐 해야지,
큰일났어! 호랑이 한 마리를 내쫓았더니 사자하고 곰하고 두 놈이 앞마당
뒷마당에 들어앉은 꼴이 되었으니! 젠장맞을!”

해방이 되면서 어디로 갔던 ‘젠장맞을’이 도로 나와 쌓는 것이었다. 그런
소리를 하는 것으로 보아 오 선생에게도 해방이 실망스러운 것임을 알 수

있었다.

⚘

채만식(1902~1950)의 문학 활동은 일제강점기와 해방 공간이라는 역사적 격변기에 이루어졌다. 그에게 문학은 서구 중심의 문화를 수용하는 매혹적 도구이면서, 동시에 암울한 조선의 현실이 부가한 자괴감과 고통을 표출하는 수단이었다.

채만식은 단편소설과 장편소설, 희곡, 비평, 동화, 방송극, 수필, 콩트 등의 다양한 장르 실험은 물론이고 표준어와 방언을 혼용해서 자유로운 언어 실험을 시도했다. 풍자적인 언어 활용 기법, 다양한 장르 변용, 생생한 방언 구사 등은 서구적 근대 소설의 양식과 전통 양식을 접합하려 했던 작가의 노력을 보여준다. 판소리 양식이나 사설체, 구어체 서사 역시 전통과 새로운 문물이 뒤섞여 있던 당대의 모순적인 양상을 반영하는 실험이라 할 만하다. 우리의 근대사가 보여주는 균열과 모순을 문학 작품 속에 있는 그대로 담아낸 셈이다.

『소년은 자란다』(1949)는 이러한 채만식 문학의 결정판이라 해도 과언이 아니다. 시대 현실에 대한 신랄한 풍자정신, 인간에 대한 신뢰에 기반한 휴머니즘, 현실을 날카롭게 비판하는 리얼리즘 정신 등으로 대변되는 그의 문학 세계가 녹아 있는 용광로라 할 수 있겠다.

일제강점기 카프와도 비판적 거리감을 유지했던 채만식의 냉철한 문학적 자의식은, 일제 말 친일 행위에 대한 반성의 의미를 띤 「민족의 죄인」(1948)을 거쳐 『소년은 자란다』에 이르면 한층 성숙한 작가의식으로 표출된다.

『소년은 자란다』는 일제 말에서 해방 공간에 이르는 혼란한 시기를 '소년'의 눈으로 형상화한 작품이다. 해방이 잘못 되었다며 격분하는 오 선생의 모습을 관찰하는 인용문의 대목은 해방의 의미를 주체적 시각으로 바라보려는 작가의 노력을 시사하고 있다. 이러한 작가의 시도는 오늘의 청소년들에게 역사와 현실을 바라보는 폭넓은 역사의식을 길러주기에 충분하다.

『소년은 자란다』에서 채만식은 '우리의 힘으로 얻은 해방이 아니'라는 역사의식을 보여준다. 그리하여 채만식은 해방의 의미를 민중의 관점, 특히 해외에서 해방을 맞이하고 고국으로 귀환하는 민초들의 시각으로 형상화함으로써 객관성을 획득하고, '소년'의 시각으로 현실을 형상화하고 있다. 이러한 작가의 서술방식은 관념적이고 추상적인 해방의 의미를 넘어, 해방의 구체적인 실체를 보여주는 데 기여하고 있다.

청소년을 위한 동화의 형식은 해방기의 혼란 속에서도 결코 희망을 버리지 않으려는 작가의 태도를 함축하고 있는 듯이 보인다. 특히, 소박한 가족을 이루려는 영호의 꿈이 현실화되지 못하고 상상 속에서 그려지고 있는 점은 잘못된 해방을 고치기 위해서는 아직도 지난한 과정이 필요하다는 점을 시사한다. 이 작품을 통해 독자들은 세속의 때가 묻지 않은 순수한 영혼을 통해 제시된 '절망 속의 희망'과, 이 희망의 싹이 냉혹한 현실 속에서 짓밟힐 것이라는 '희망 속의 절망'을 동시에 체험하는 소중한 경험을 하게 될 것이다.

이 "비싼 해방값"을 곱씹는 행위야말로 오늘날까지 현재진행형으로 남아 있는 '역사 바로 세우기' 작업의 첫 단추를 꿰는 일이 아닐까.

17 황순원의 「학」

"때마침 단정학 두세 마리가 높푸른 가을하늘에 큰 날개를 펴고 유유히 날고 있었다."

"얘, 우리 학사냥이나 한번 하구 가자."

성삼이가 불쑥 이런 말을 했다.

덕재는 무슨 영문인지 몰라 어리둥절해 있는데,

"내 이걸로 올가밀 만들어 놀게 너 학을 몰아 오너라."

포승줄을 풀어 쥐더니, 어느새 성삼이는 잡풀 새로 기는 걸음을 쳤다.

대번 덕재의 얼굴에서 핏기가 걷혔다. 좀전에, 너는 총살감이라던 말이 퍼뜩 머리를 스치고 지나갔다. 이제 성삼이가 기어가는 쪽 어디서 총알이 날아오리라.

저만치서 성삼이가 홱 고개를 돌렸다.

"어이, 왜 맹추같이 게 섰는 게야? 어서 학이나 몰아 오너라!"

그제서야 덕재도 무엇을 깨달은 듯 잡풀 새를 기기 시작했다.

때마침 단정학 두세 마리가 높푸른 가을하늘에 큰 날개를 펴고 유유히 날고 있었다.

❀

황순원의 「학」(1953)은 이데올로기 대립으로 표상되는 전쟁의 상처를 '우정'이라는 코드로 치유하고 있는 작품이다. 여기에서 '우정'은 순수한 동심의 세계를 상징하는데, 티 없이 맑고 순정한 자연의 세계나 생명사랑정신에 바탕한 휴머니즘 등으로 변주되어 나타난다.

「학」은 치안대원인 '성삼'이가 농민동맹 부위원장을 지내다 붙잡힌 불알친구 '덕재'를 호송하게 되면서 생긴 일화를 다룬 작품이다. 성삼과 덕재는 표면적으로 남과 북의 이념을 대변하는 인물로 설정되어 있다. 성삼은 덕재를 대하며 우정(친구)과 이념(적) 사이에서 내면의 갈등을 겪는다. 이러한 심리적 거리는 이야기가 전개되면서 점차 좁혀진다.

이 작품은 긍정적 자연 배경(과거)과 부정적 인간 풍속(현재)의 대조로 구조화되어 있다. "삼팔 접경의 북쪽 마을"을 "한껏 고즈넉"하게 비추는 "드높이 개인 가을 하늘"과, "만나는" 이들마다 "담뱃대부터 뒤로 돌"리는

"늙은이"의 대비로 시작되는 「학」의 도입부는, 자연 풍광과 인간 세계의 대조를 극명하게 보여준다. 이러한 묘사는 전쟁으로 황폐해진 마을의 풍경과 이로 인한 '성삼'과 '덕재' 사이의 이념적 대립을 제시하는 데 효과적으로 기능한다. 이들의 갈등은 '농사꾼'의 자식이라는 공통분모를 통해 화해의 가능성을 시사한다.

"왜 피하지 않고 남아 있었냐"는 '성삼'의 질문에 '덕재'는 "농사꾼이 다 지어놓은 농사를 버려두고 어딜 간단 말이냐"는 아버지의 말씀으로 답한다. 이 말을 들은 성삼은 피난길을 떠날 때 자기 아버지도 같은 말을 했다는 사실을 떠올린다. 자연의 원리에 순응하는 농사꾼의 태도는 유년시절의 우정 어린 기억으로 변주되어 이념적 갈등의 해소라는 주제의식을 돌올하게 부각하는 기능을 한다. 어른들 몰래 호박잎 담배를 나눠 피우던 일, 혹부리 영감네 밤나무에서 밤 서리를 하던 기억, '꼬맹이'에 얽힌 추억 등 이들이 공유했던 유년시절의 체험은, 골 깊은 이데올로기적 반목을 화해시키는 데 기여한다.

특히, 어린 시절 학을 놓아준 기억은 이념 갈등을 넘어서는 데 핵심적 실마리로 작용한다. "그저 자기네의 학이 죽어서는 안 된다는 생각"으로 단정학을 푸른 하늘로 날려 보낸 그들의 순수한 동심은 이데올로기가 빚어낸 현실의 갈등 상황을 우정 어린 화합으로써 극복하는 데 기여한다. 인용문은 이데올로기 장벽을 넘어선 생명의 미학이라는 주제의식이 함축적으로 드러난 아름다운 장면이다. '성삼'은 '덕재'를 도망치게 하려고 학 사냥을 제의한다. 덕재는 "너는 총살감"이라는 말을 떠올리며 두려움에 떨다가, 이심전심以心傳心으로 전해진 성삼의 진의를 깨닫고 "잡풀 새를 기기 시작"한다.

때마침 단정학 두세 마리가 높푸른 가을하늘에 큰 날개를 펴고 유유히 날아오른다.

18 최인훈의 『광장』

"그녀들이 마음껏 날아다니는 광장을 명준은 처음 알아본다. 부채꼴 사북까지 뒷걸음질친 그는 지금 핑그르 뒤로 돌아선다. 제정신이 든 눈에 비친 푸른 광장이 거기 있다."

돌아서서 마스트를 올려다본다. 그들은 보이지 않는다. 바다를 본다. 큰 새와 꼬마 새는 바다를 향하여 미끄러지듯 내려오고 있다. 바다. 그녀들이 마음껏 날아다니는 광장을 명준은 처음 알아본다. 부채꼴 사북까지 뒷걸음질친 그는 지금 핑그르 뒤로 돌아선다. 제정신이 든 눈에 비친 푸른 광장이 거기 있다.

자기가 무엇에 홀려 있음을 깨닫는다. 그 넉넉한 뱃길에 여태껏 알아보지 못하고, 숨바꼭질을 하고, 피하려 하고 총을 쏘려고까지 한 일을 생각하면, 무엇에 씌웠던 게 틀림없다. 큰일 날 뻔했다. 큰 새 작은 새는 좋아서 미칠 듯이, 물 속에 가라앉을 듯, 탁 스치고 지나가는가 하면, 되돌아오면서, 그렇다고 한다. 무덤을 이기고 온, 못 잊을 고운 각시들이, 손짓해 부른다. 내 딸아. 비로소 마음이 놓인다. 옛날, 어느 벌판에서 겪은 신내림이, 문득 떠오른다. 그러자, 언젠가 전에, 이렇게 이 배를 타고 가다가, 그 벌판을 지금처럼 떠올린 일이, 그리고 내 딸을 부르던 일이, 이렇게 마음이 놓이던 일이 떠올랐다. 거울 속에 비친 남자는 활짝 웃고 있다.

❀

분단문학은 역사적으로 한정된 문학이다. 해방에서 전쟁으로 이어지는 비극적 현대사에 분단의 시작이 있었듯이, 대립적 냉전체제의 붕괴에 따른 시대적 변화는 분단의 끝을 구체적으로 가늠해 보게 한다. 도저히 깰 수 없는 절망의 벽으로 느껴졌던 냉전체제가 붕괴하면서 신화처럼 군림했던 분단 이데올로기는 자본의 메커니즘에 내화되어 일상 속으로 스며들었다. 이러한 시대적 변화는 분단에 대한 인식의 변화를 요구한다. 고착된 분단의 성벽에 서서히 균열의 조짐이 보이는 오늘의 시점에서, 분단문학을 다시 한 번 점검해야 할 필요성도 바로 여기에 있다.

분단문학의 맨 앞자리에 놓이는 작품은 단연 『광장』(1960)이다. 이 작품에서 최인훈은 분단 현실과 한국전쟁을 객관적인 시각으로 바라보며, 이를 이데올로기의 문제로 해석하였다. 남과 북 어디에도 정착하고 못하고, 제3국 인도행 타고르호에서 투신자살한 이명준의 절규는, 반세기 가까운 시간을 가로질러 오늘날까지 울려 퍼지는 분단 현실의 메아리다.

타고르호에서 이명준이 본 '광장'(바다)은 무엇이었을까? 이데올로기에 절망해 "부채꼴 사북까지 뒷걸음질친" 명준은 죽기 직전에 "큰 새"(은혜)와 "꼬마 새"(은혜가 잉태한 생명)가 "마음껏 날아다니는" "푸른 광장"을 발견한다. 이 '푸른 광장'으로 인해 이명준은 부활한다. 비극적 분단 현실에 절망해 바다로 뛰어들었지만, 부정적 현실과 대비되는 '푸른 광장'의 이미지를 통해 죽음의 바다는, "무덤을 이기고 온, 못 잊을 고운 각시들이, 손짓"하는 생명의 광장으로 전환되기 때문이다. 위의 인용문에서는 이데올로기에 절망해 좌절한 이명준의 심리를 차안과 피안, 삶과 죽음, 실재와 환각 등을 교차시킴으로써 아름답게 주조하고 있다.

이렇듯, 최인훈은 신화적(원형적) 상징을 통해 이명준을 부활시켰다. 이제 우리는 이명준을 구체적 현실 속에서 부활시켜야 하는 과제에 직면해 있다. 1990년대 이후의 분단소설은 이명준을 현실 속에서 부활시켜, 그가 추구한 이데올로기의 자리에 새로운 '아버지상'을 올려놓고 분단현실을 가늠해 본다. 최윤의 「아버지 감시」(1990), 김소진의 「쥐잡기」(1991), 박상연의 『D.M.Z.』(1997), 황석영의 『손님』(2001) 등은 『광장』의 후예들이다. 위의 작품들은 이데올로기와 현실을 문제 삼는다는 점에서는 『광장』의 연장이지만, 이데올로기와 현실의 위상, 관계 등을 구체적 현실 속에서 제시하고 있다는 점에서 『광장』과 변별된다. 신화적 공간(바다)이 아니라 구체적 현실에서 부활한 이명준의 활약 여부에 분단 극복의 가능성이 걸려 있다는 사실에 주목해야 할 것이다.

이렇듯, 『광장』의 이명준은 분단문학의 원형적 인물이다. 그는 '분단문학'의 '분단'이 타서 '문학'으로 될 때, 그래서 거기에 '통일'의 빛이 스며들 때, 스스로 몸을 태우며 분단문학과 함께 사라질 것이다. 그때까지 우리는 이명준을, 나아가 최인훈의 『광장』을 곱씹어야 한다.

19 김원일의 「어둠의 혼」

"모든 것이 안개 속 같은 신기한 세상, 내가 알아야 할 수수께끼가 너무나 많은 이 세상을 건너갈 때, 나는 이제 집안을 떠맡는 기둥으로서 힘차게 버티어 나아가지 않으면 안 된다."

"이거다. 이게 니 아부지의 시체다. 똑똑히 보았제. 앞으로는 절대 아부지를 찾아서는 안 된다. 알겠제." 이모부는 말한다. 그리고는 내 손을 놓고 가마니를 훌쩍 뒤집는다.

아, 나는 볼 수 있었다. 달빛 아래 희미하게 드러나는 아버지의 처참한 얼굴을. 반쯤은 피에 가려 있고 나머지 부분은 하얗게 바래 버린 찌그러진 얼굴, 죽은 아버지의 눈은 부릅뜨고 있었다. 턱은 퉁퉁 부어 있고, 입은 커다랗게 벌리고 있었다. 아버지가 저렇게 되다니. 나는 믿을 수가 없다. 아버지가 아닌, 다른 사람인 것만 같았다. 낡고 검은 국방복의 저고리 단추가 풀어진 사이로 보이는 아버지의 가슴, 나는 어릴 때 그 가슴에 안겨 얼마나 재롱을 떨었던가! 그런데 이제 아버지의 가슴은 그 무서운 보랏빛으로 변하고 말았다. 축 늘어진 어깨와 아무렇게나 내던져진 두 팔, 아버지는 분명 잠을 자고 있는 것이 아니었다.

나는 그 자리에 서 있을 수 없다.

"죽다니, 저렇게 죽고 말다니!"

나는 흐느낀다. 이모부가 내 팔을 잡는다. 나는 사납게 뿌리친다. 그리고 내닫기 시작한다.

(중략)

어린 나에게 너무나 큰 수수께끼를 남기고 죽어 버린 아버지의 일생을 더듬을 때 나는 알 수 없는 두려움 때문에 사시나무처럼 떤다. 그와 더불어 나는 무엇인가 깨달은 느낌을 가지게 되었다. 그 느낌을 꼬집어 내어 설명할 수는 없었으나, 이를테면 살아 나가는 데 용기를 가져야 하고 어떤 어려움도 슬픔도 이겨내야 한다는 그런 내용의 것이었다. 모든 것이 안개 속 같은 신기한 세상, 내가 알아야 할 수수께끼가 너무나 많은 이 세상을 건너갈 때, 나는 이제 집안을 떠맡는 기둥으로서 힘차게 버티어 나아가지 않으면 안 된다. 이런 굳은 결심이 나의 가슴을 뜨겁게 적시며 뒤채이는 눈물을 달래고 있음을 느꼈던 것이다.

우리 문학에서 아버지는 하늘, 국가, 권위 등으로 변주되며 사회를 지배하는 근원적인 힘으로 기능해 왔으며, 한편으로는 가족 공동체의 초석이 되어왔다. 수많은 고난을 헤치고 고구려를 건국하는 주몽 신화는, 현실을 규제하려는 인간의 욕망과 현실을 초극하려는 욕망이 교차되는 인생의 본질을, '아비 찾기' 모티프를 통해 상징적으로 보여준다. 이러한 아버지 찾기의 원형성은 우리 근대사나 현대사의 전개 과정과 맞물려 소설의 중요한 모티프로 등장한다.

우리의 근대사는 아버지의 권위로 상징되는 유교적 가부장제가 서구의 합리주의로 교체되는 과정으로 시작된다. 개화기의 계몽주의는 전통적 질서의 붕괴에 따른 가치관의 혼란을, 일본에 의해 수입된 신문물을 통해 극복하려는 의지의 발현이었다. 잃어버린 아버지를 되찾기 위해 의붓아버지(일본 제국주의)에 의존한다는 역설적 상황이 일제강점기 우리의 자화상이었다. 1920년대 계급주의 문학운동(KAPF)도 NAPF(일본), RAPF(소련)의 영향 아래 전개되었다는 점에서 이와 유사하다.

해방과 한국전쟁으로 이어지는 정치적 격변기에는 좌·우 이데올로기 대립 속에서 새로운 나라 세우기라는 과제가 제기된다. 그리고 분단이 고착된 이후 1970~1980년대의 민족·민중 이데올로기도 공적 단위의 아버지가 부재하거나, 혹은 부정한 수단을 통해 권위를 누리고 있는 현실을 거부하고 새로운 아버지상을 수립하려는 의지의 발현이라 할 수 있다.

이러한 아버지 찾기 모티프는 분단소설의 주요한 흐름이 되어왔다. 격변의 현대사는 아버지로 상징되는 국가 권위의 회복을 꿈꾸게 하였다. 이데올로기는 아버지의 다른 이름이었으며, 분단이 고착화된 이후 아버지를 찾아 나서는 아들의 행위는 잃어버린 반쪽의 이데올로기를 회복하려는 의지와 깊은 관련이 있다. 통일 조국을 건설하려는 의지는 진정한 아버지상을 회복하려는 신념의 발현이기 때문이다.

이렇듯, 우리 소설에서 아버지는 현실을 조직하고 그것에 방향을 부여하는 강력한 지배력을 행사해 왔다. 우리 문학의 중심에 아버지의 권위에 도전하여 좌절한 비극적 장면이 얼마나 많았으며(최인훈의 『광장』 등), 아버지의 권위를 거부한 아들이 결국 아버지와 유사한 세계를 창조하고 마는 역설적 상황이나(이문열의 『영웅시대』 등), 어머니의 품속으로 투항하는 사례(윤흥길의 「장마」 등)가 얼마나 많았는가?

김원일은 이러한 아비 찾기 모티프를 가장 집요하게 추구한 작가 가운데 하나다. 그는 자신에게 주어진 비극적 현실을 회피하지 않고 정면으로 응전하려는 자세를 보여주는데, 이는 '장자의식'으로 불리곤 한다. 「어둠의 혼」은 그 원형에 해당하는 작품이다. 그가 이후에 발표한 모든 작품들은 「어둠의 혼」에 드러난 문제의식을 구체화하는 작업의 연장이라 해도 과언은 아닐 것이다. 「어둠의 혼」의 화자 '갑해'의 아버지는 좌익 지식인으로, 해방공간의 혼란한 이데올로기 폭풍에 휘말려 죽음을 당한다. 어린 아들에게 아버지의 죽음은 수수께끼 그 자체다. 어릴 때 재롱을 떨던 아버지의 가슴은 "그 무서운 보랏빛으로 변하고 말았다". 이렇듯, 갑해에게 아버지의 일생은 "알 수 없는 두려움"으로 다가온다. 갑해는 성장하면서 이 두려움의 실체를 서서히 이해하기 시작한다. 그리고 "꼬집어 내어 설명할 수는 없"으나 "살아 나가는 데 용기를 가져야 하고 어떤 어려움도 슬픔도 이겨내야 한다는" 깨달음, 즉 "이제 집안을 떠맡는 기둥으로서 힘차게 버티어 나가"야 한다는 인식을 불러일으킨다. 아버지의 죽음은, 아들에게 산산 조각난 가족공동체를 지탱하기 위해 스스로 가장(아버지)이 되어야 한다는 결심을 하게 한다.

이렇듯, 김원일에게 아비 찾기 모티프는 해체된 가족을 재구성하는 과제를 인식하고, 분단에서 비롯된 이러한 모순의 실체를 극복하기 위한 길을 모색하는 소설적 장치로 기능하고 있다.

20 김소진의 「쥐잡기」

"여기 한번 나와 있으니까니 못 가갔드란 말이야. 어딜 간들 하는
생각 때문에 도루 못 가갔더란 말이야. 기거이 바로 사람이야."

아버지가 처음 앉았던 자리는 북으로 가는 자리였다. 머릿속이 휑뎅그렁
하게 비어버려 망창히 앉아 있던 아버지에게는 창문으로 쏟아져 들어오는
햇살이 그저 너무 좋다는 생각만 한심하게 다가왔다. 고개를 돌려보니 수
용소 안에서 가까이 지내던 사람들이 모두 이남으로 자리를 넘겨가서는 아
버지보고 그쪽에 남으면 죽으니 날래 넘어오라구 난리를 쳤다. 갑자기 겁이
더럭 올라붙은 아버지는 시적시적 이남 자리로 옮겨갔다. 그러나 개인적 안
위를 걱정할 때가 아니라는 생각이 스쳤다. 잔뼈가 굵은 고향이 있었고 거
기에 살고 있을 부모 처자—아버지는 이미 전쟁 전에 장가를 들었다—모
습이 눈앞에 밟혔던 것이다. 그래서 이번에는 후들거리는 다리를 끌고 이
북 자리로 넘어갔다. 그러나 자리에 앉고 보니 불현듯 물밑 쪽 같은 신세

이제 고향에 돌아가믄 뭘 하겠나 하는 생각이 들었다. 뭐가 뭔지 알 수가 없었다.

그만 하는 소리와 함께 호각이 빽 울렸다. 아버지는 둔기로 뒷머리를 얻어맞은 사람처럼 온몸이 굳어져왔다. 저 복도는 이미 단순한 복도가 아니라 삼팔선 바로 그것이었다. 아 이를 어쩐단 말이냐. 그때 아버지는 자신의 두 눈을 의심했다. 차오르는 숨을 가누지 못해 고개를 쳐든 아버지의 눈동자에는 콘세트 들보 위를 살금살금 걸어가는 희끄무레한 물체가 들어왔다. 폭동의 와중에서 우연히 아버지를 깨우는 바람에 목숨을 건지게 해준 그 흰쥐가 꼬랑지를 살랑살랑 흔들며 이남 쪽으로 걸음을 떼고 있었다. 아버지의 눈에 힘이 들어갔다. 복도 사이로는 감찰완장들이 저벅저벅 걸어들어오는 판국이었다. 아버지는 얼른 복도로 내려섰다. 너무 서두르는 통에 발목을 접질러 비틀거리자 지나가던 감찰완장 하나가 이눔이 하며 엉덩이를 걷어찼다.

내이가 왜 그랬겠니? 여기 한번 나와 있으니까니 못 가갔드란 말이야. 어딜 간들 하는 생각 때문에 도루 못 가갔더란 말이야. 기거이 바로 사람이야. 웬 쥐였냐고? 글쎄 모르지. 기러다보니 맹탕 헷것이 눈에 기었는지두. 언젠간 돌아가갔지 하며 살다보니…… 암만 생각해봐두 꿈 같기두 하구…… 기리고 이젠 모르갔어…… 쩡짜루다 돌아가구 싶은 겐지 그럴 맘

이 없는 겐지…… 늙으니까니 암만해두.

진물러진 눈자위를 손가락으로 지긋이 누르고 있는 아버지의 어깨가 가늘게 떨렸다. 민홍은 뱃속에서 울컥하는 감정덩어리가 솟구침을 느꼈다. 비껴 앉은 아버지의 야윈 잔등을 보면서 민홍은 박물관에서 본 적이 있는 고생대의 한 화석을 떠올렸다. 그 화석에 대한 일차적 기억은 앙상함이었고 그리고 가슴 답답한 세월의 무게였다. 그 누구도 자유롭지 못한.

✿

김소진의 「쥐잡기」는 한국전쟁의 와중에 월남한 아버지의 곤고한 삶을 아들의 시각에서 조명하고 있는 작품이다. 이 작품에서 드러나는 아버지는 권위적이고 억압적인 이데올로기와는 무관한 인물이다. 휴전 협정이 조인되고 포로수용소에 남은 아버지는, 이남과 이북 중 하나를 선택해야 할 상황에서, "잔뼈가 굵은 고향"과 "부모 처자"가 있는 북쪽으로 가고 싶다는 생각과 "물밑쪽 같은 신세 이제 고향에 돌아가믄 뭘하겠나" 하는 생각 사이에서 혼란에 빠진다. 그러다 "폭동의 와중에서 우연히 아버지를 깨우는 바람에 목숨을 건지게 해준 흰쥐가 꼬랑지를 살랑살랑 흔들며 이남 쪽으로 걸음을 떼고 있는" 모습을 보고 남쪽을 선택한다.

분단 현실을 '광장'과 '밀실'이라는 이데올로기의 상징으로 인식한 『광장』의 이명준은 남·북 어느 쪽도 선택하지 못하고 제3국행 배에 몸을 실었다. 이명준에게 이데올로기는 삶을 조직하고 지배하는 절대적 명제였다. 그가 사변적이고 관념적인 지식인이었다는 점은 이와 무관하지 않다. 따라서 그의 자살은 예견된 결과였다. 이데올로기의 속박에서 벗어나지 못한 불행한 청년 이명준이 이념을 버리고 제3국에서 평범한 삶을 살아간다는 것은 불가능한 일이다. 이는 조국을 포기하는 일이기 때문이다.

그러나 「쥐잡기」의 아버지는 이명준의 반대편에 있다. 그에게 삶 그 자체의 불가해한 요소를 설명하기에 이데올로기는 너무도 무력하다. 그는 역사의 가장 밑바닥에서 역사의 실체를 형성해 온 민초이기 때문이다. 이는 아버지의 권위적이고 억압적인 성격을 해체하고 있다는 점에서 중요한 시각의 전환이다. 이러한 아버지상像은 우리 문학에서 권위를 상징해 온 아버지를 생활의 질서 속으로 끌어내린다. 아버지는 오히려 이데올로기라는 상징에 희생된, 변두리 삶을 살아온 평범한 인간으로 제시된다.

이러한 아버지의 모습을 아들 민홍은 언젠가 박물관에서 본 "고생대의 한 화석"에 비유하고 있다. 그 화석에 대한 기억은 앙상함이었고, 그 누구도 자유롭지 못한 가슴 답답한 세월의 무게였다.

이 작품에서 분단 현실은 산동네 초라한 구멍가게 안으로 스며든다. 김소진은 분단 현실을 '쥐잡기'라는 아버지의 상징적 행위로 치환하여 내면화한다. 이는 분단 현실의 문학적 수용이라 지칭할 수 있겠다.

김소진은 아버지의 이데올로기를 '헛것'이라 선언한다. 아버지가 북에 있는 고향과 처자를 잊고 구차한 산동네의 삶을 살아갈 수 있게 한 동인은 '흰쥐'로 상징되는 '헛것'이었기 때문이다. 이 '헛것'은 현실의 곤고함과 구차함을 잊게 해주는 꿈으로 기능한다. 김소진은 이러한 '헛것'을 문학이 추구하는 상상력의 세계로 내면화한다. 그는 삶을 능동적으로 조직하고 그에 방향을 부여할 힘은 없지만 우리의 삶 속에서 없어서는 안 될 소중한 요소로 '헛것'을 상정한다. 이러한 '헛것'을 문학적 상상력과 등치시키는 감각이 그의 소설의 새로움이자 가능성이다.

김소진은 '헛것'을 소설을 통해 복원하려고 한다. 소설도 상상력의 산물이라는 점에서 '헛것'이라고 할 수 있다. 그러나 소설의 이데올로기는 강압적이거나 억압적이지 않다. 소설의 이데올로기로 기존의 권위적인 이데올로기에 저항하기가 바로 김소진의 글쓰기 전략인 것이다. 이는 아버지의 이데올로기인 '헛것'을 소설의 이데올로기로 치환하는 일이며, 또한 지금까지 억눌려왔던 아버지의 내면적 욕망을 복원하는 일이기도 하다.

그러면 「쥐잡기」에서 아버지가 말년에 그렇게도 집착한 '쥐잡기'가 가지는 의미는 무엇일까? 아버지가 집착한 회색 쥐는 '헛것'을 상징하는 '흰쥐'

의 반대편에 있는 현실의 생명력, 생활력을 상징한다. 이 쥐와 벌이는 끈질긴 투쟁은 월남한 이후 아버지에게 처음이자 마지막으로 생에 대한 의지를 불타게 한다. 아버지의 삶에 꿈을 준 '흰쥐'로 상징되는 '헛것'의 이데올로기와 '쥐잡기'에 대한 집착을 불러일으킨 곤고한 '현실'은 어느 것 하나 포기할 수 없는 우리 삶의 필수불가결한 요소이기 때문이다.

21 　김윤영의 「타잔」

"하얀 이를 보이며 그가 웃어 보였지만 그건 나를 바라보고 웃는 게
아니라 어떤 다른 세상을 향해 짓는 미소였다."

그런데 바로 다음 순간, 내 시야를 가린 건 바로 땀에 전 '그'의 얼굴이었
다. 조금 전까지 보였던 나무들과 무희들은 다 사라지고 지긋지긋한 무화
과나무 잎 몇 개만 눈앞에서 팔랑거리고 있었다. 뒤통수를 만지니 진득한
피가 엉겨 붙어 있었다. 그래도 생시라는 게 믿겨지지 않았다.

홀연히 나타난 그는 나를 보고 씨익 웃더니 그냥 가만히 바라보고만 있
었다. 몇 분이나 그러고 있다가 움직이지 않고 반응도 없는 내가 지루했는
지 손으로 툭툭 건드렸다. 내 입에서 아무 말도 나오지 않은 것은 아픔 때
문인지 공포 때문인지 당황해서였는지, 확실치 않다. 결국 그는 내 어깨를
부축해 일으켜 세웠다. 코를 찌르는 악취 때문에 저절로 고개가 돌아가려
했지만 눈을 질끈 감아버렸다.

현지 오토바이 기사들이 다닐 만한 대로가 눈앞에 보였을 때, 그는 나를 풀썩 내려놓고 손을 내밀었다. 가운데의 손가락 세 개가 없었다. 하나가 아니라 셋. 마디가 잘린 셋.

그래서 손이 아니라 짐승의 발처럼 서글퍼 보였다. 나는 그 손을 잡고 흔들며 이젠 정말 무슨 말인가 해야지, 생각했지만 문득 그의 반신을 쳐다보곤 다시 할 말을 잃었다. 등줄기로 서늘한 뭔가가 흘렀다. 그는 몸에 아무것도 걸치지 않고 해진 러닝셔츠 같은 천 쪼가리를 허리에 아무렇게나 두르고 있었다. 그 벌어진 천 사이로 시든 성기가 덜렁거리는 게 확연히 보였다. 하얀 이를 보이며 그가 웃어 보였지만 그건 나를 바라보고 웃는 게 아니라 어떤 다른 세상을 향해 짓는 미소였다. 그의 눈동자는 단 한 번도 날 제대로 응시하지 않았다. 눈매는 처연해 보였다.

그리고 그는 쓱 일어나더니 가까이 있는 나무로 기어 올라가기 시작했다. 그가 안 보일 때쯤 어딘가에서 쉭쉭 소리를 내며 뭔가가 무화과나무에서 다른 나무로 날아가고 있는 게 보였다.

그는 타잔이었다.

김윤영의 「타잔」은 영화 주인공 '타잔'을, 꼭 그만큼이나 아련해진 근대 서사의 자의식과 절묘하게 포개놓은 작품이다. 작품을 읽는 내내 '타락한 사회에서 타락한 방식으로 진정한 가치를 추구하는 서사 양식', 혹은 '현실 속에서 현실 너머를 꿈꾸는 서사의 모순된 운명' 같은 문학사회학의 고전적 명제가 머릿속을 맴돌았다. 이렇듯, 「타잔」은 새로운 서사 양식에 대한 실험이 범람하는 오늘날, 우리의 삶은 여전히 근대 서사 양식에 매여 있다는 사실을 고통스럽게 환기하는 작품이다.

화자는 우리 시대의 '타잔'을 관찰하고 있는데, 이 "미워하기 힘든 인물"을 통해 현대인의 삶을 차분하게 곱씹고 있다. 화자는 "부잣집 막내아들"이자 캄보디아 여행 가이드다. 자칭 현실주의자다. 그는 "섣불리 평등이니 연대니 지껄이지" 않지만, 자신보다 못한 사람들에게 '동정심'을 표할 줄 안다. "안 될 싸움을 굳이 하거나 되지도 않을 유토피아에 목숨을 거는 일을 이해는 하지만" '동참'하지는 않는다. "무지개는 언덕 너머에 있는데" 굳이 "여기서 무지개를 찾"을 필요는 없다고 생각한다.

이러한 화자의 쿨한 삶에, '타잔'이 되고 싶은 푸줏간 주인이 불쑥 끼어든다. 마장동 김씨는 "나무 타기"가 꿈이었다. 심지어 나무를 타다가 손가락 하나가 부러졌지만, 아버지에게 "나무 탔다는 걸 숨기"고 "버티다가" 잘라내기까지 했다. 그는 '푸줏간→곱창집→횟집→커피집(테이크아웃)→화장품 가게'를 전전하다 파산한다. 이는 "나무 타기"에서 점점 멀어지는 과정이며, 자본의 논리에 포획되는 과정이다. 이렇듯, 낙천적인 기질을 지녔고 성실한 생활인이었던 마장동 김씨가 '타잔'으로 전락하는 과정이 작품의 중심 서사를 이룬다.

이러한 전락에는 결혼이 가로놓여 있다. 결혼은 냉혹한 자본의 논리를 표상하는 상징이다. 마장동 김씨는 "빚을 다 갚아주고 술집에서 빼낸" "꽃같이 고운 색시"와 결혼한다. 그렇게 아내가 된 여자는 김씨의 삶을 점차 자본의 논리 속으로 끌어들인다. 못 배우고 가진 것 없으면 제대로 된 여자 하나 만날 수 없는 현실에서, 상품화된 결혼은 순박한 김씨의 삶을 송두리째 앗아간다. 결국 마장동 김씨는 "아무 일도 일어나지 않았던 그 옛날이 그립다며 힘겹게 웃어 보"이고는 종적을 감춘다.

다시 만난 마장동 김씨, 아니 '타잔'은 근대적 일상을 낯설게 하는 불온한 이미지로 충만해 있다. 코를 찌르는 악취와 땀 냄새, 가운데 손가락 세 개가 없는 짐승의 발처럼 서글퍼 보이는 손, 벌어진 천 사이로 성기가 덜렁거리는 몸, 어떤 다른 세상을 향해 짓는 미소, 단 한 번도 날 제대로 응시하지 않는 눈동자 등 '타잔'의 상징으로 제시된 이미지는, 근대인으로서 마땅히 지녀야 할 자의식을 버려야만 비로소 다가갈 수 있는, '근대 이전/근대 이후'의 역설적 낯섦의 기표다. 어찌 이 불온한 표상을 외면할 수 있겠는가.

마지막 장을 덮으니, 마음 한구석에 묻어두었던 의문이 꼬리에 꼬리를 물며 솟아오른다. 오늘날 '문제적 주인공'이 과연 존재할 수 있을까? 부정한 세계에 온몸으로 맞서는 것이 가능하기나 한 일일까? 성실하고 순박하게 사는 것조차 허용하지 않는, 이 타락한 세상에서 어떻게 숨을 쉬고 살아갈 수 있을까?

이 난공불락의 사회에서 '타잔'을 찾아 나설 용기가 없어, 가끔 "손가락 하나 없던 시절의 마장동 김씨와 곱창에다 소주를 마시며 취하는 꿈"을 꾸거나, 아니면 자연스럽게 마주칠 날을 기다리며 "우울"해하는 화자의 모습이야말로 현대인의 음울한 초상이 아닐까?

22 김하기의 「미귀未歸」

"김길만은 남북 어디에도 뿌리내리지 못하고 방황하는 자신들의
처지를 알아주는 최선생이 고마웠다."

"김동지의 이름이 빠져 있는 것은 우리 모두의 불행입니다. 하지만 이번
에 우리가 길을 터놓으면 김동지도 머잖아 귀향할 날이 올겝니다."

(중략)

"말이라도 고맙구려."

"솔직히 말하면 우리보다도 전향한 분들이 더 많은 어려움을 겪고 있잖
소. 대한민국 정부가 따뜻하게 맞아주냐 하면 오히려 그 반대이지 않습니
까. 전향자에게도 똑같이 빨갱이의 낙인을 찍고 보안관찰법의 족쇄를 채워
끊임없이 감시의 눈길을 번뜩이지 않소. 창살 없는 감옥에 사는 거 아닙니
까. 경제적 능력이 제로인 전향 장기수들을 지원 하나 없이 맹수 같은 자본
주의의 법칙에 맡겨놓으니 모두들 기아선상에서 헤매고 있는 것도 사실이

고요.”

그런 태도는 북이라고 해서 나은 것은 하나도 없다. 혁명의 배신자, 혁명을 팔아먹은 사람으로 낙인찍고 남파한 사실조차 없다고 한다. 김길만은 남북 어디에도 뿌리내리지 못하고 방황하는 자신들의 처지를 알아주는 최선생이 고마웠다. 비전향 장기수들 중에서 자신을 동지로 불러주는 사람은 최선생 말고는 아무도 없었다. 그들만이 의인인 것이다.

김길만은 가져온 물건을 조심스레 내놓았다.

“최동지, 이걸 내 아내와 딸에게 꼭 좀 전해주시오. 약소한 거지만 내가 취로사업해서 번 돈으로 마련한 것이라오.”

조그만 상자 속에는 값비싼 금반지와 귀고리와 브로치가 들어 있었다.

“여기 아내에게 쓴 편지도 있습니다.”

“꼭 전해드리도록 하겠습니다. 이제 통일될 날이 얼마 남지 않았습니다. 그때까지 꼭 건강을 유지하도록 하십시오.”

❁

김하기는 분단 현실의 모순을 극명하게 대변하고 있는 비전향장기수 문제를 본격적으로 다룬 작가다. 비전향장기수는 사상 전향을 거부한 채 수십 년간 복역한 인민군 포로나 남파 간첩, 조작 간첩 등을 일컫는다. 이들은 형법 제98조 간첩죄를 적용받거나 국가보안법, 반공법, 사회안전법 등에 의해 7년 이상의 형을 선고받고 복역하면서도 전향하지 않은 장기 구금 양심수다.

지난해 비전향장기수 리인모 옹이 사망했다는 소식을 접했다. 그는 북한군 문화부 소속 종군기자로 한국전쟁에 참전하였다가 체포되어 무려 34년간을 복역하고, 1988년 출소하였다. 5년 후인 1993년 장기수 최초로 '장기 방북'의 형식으로 북한에 송환되었다. 이후 6·15남북공동선언과 남북적십자회담의 결과로 2000년 9월 북한행을 희망하는 비전향장기수 63명이 북측에 송환되기도 하였다. 이들과 달리 군사독재 시절 공안 당국의 강압에 의해 어쩔 수 없이 전향했던 장기수 30여 명은 북한 송환을 요구하며 여전히 남한에서 살고 있다.

비전향장기수의 삶에 관심을 기울였던 김하기가, 「미귀」에서 전향장기수의 삶을 형상화하고 있는 점은 주목할 만하다. 전향장기수들은 남과 북 모두에서 버림받았다는 점에서, 장기수들 중에서도 '소외'된 존재다. 또한 통일 이후의 역사에서도 '망각'될 가능성이 높다. 작가는 이러한 전향장기수의 삶을 문제 삼음으로써 이들을 포용하지 못하는 분단체제는 물론이거니와, 나아가 분단 극복 이후에 전개될 역사적 상황까지 심문하고 있는 것이다.

폭력범들까지 동원된 집요한 회유 공작을 더는 견디지 못하고 전향서에 도장을 찍은 '김길만' 씨는 출감 후 농장, 신문 보급소, 서점, 아파트 경비실, 취로사업 등을 전전하면서 하루하루를 견디고 있는 처지다. "빨갱이"라는 족쇄를 차고, "보안관찰법"이라는 굴레에 꿰여, "맹수 같은 자본주의의 법칙"이 지배하는 "창살 없는 감옥" 아래 알몸으로 노출된 형국이다. 김길만 씨와 같은 전향장기수들은 비전향장기수들보다 더 비참한 삶을 살아가고 있다. 비전향장기수들은 북한에서라도 신념과 의리를 지킨 영웅으로 추대받지만, 전향장기수들은 "혁명의 배신자", "혁명을 팔아먹은 사람으로 낙인찍"혀 북으로부터도 외면받는 처지이기 때문이다.

불현듯, 〈쇼생크 탈출〉(1994)이라는 영화가 떠오른다. 장기 복역 중인 모범 수감자가 출감하는 것이 두려워 일부러 죄를 짓는 장면이 나온다. 이러한 몸부림에도 불구하고 출소 명령을 받은 장기수는 사회에 나가 적응하지 못하고 결국 자살하고 만다. 수십 년간 복역한 전향장기수들이 이념과 체제가 다른, 혹은 너무나 급격하게 변한 사회에서 소외될 수밖에 없는 상황을 연상시키는 대목이다.

인용문은 북쪽으로 송환이 결정된 비전향장기수 '최해종'이 전향한 장기수 김길만을 위로하는 대목이다. 자신보다 어려운 처지에 놓여 있는 전향장기수들에 대한 따스한 연민의 시선이 녹아 있다. '대한민국 정부'나 '북' 어디에서도 환영받지 못하는 전향자에 대한 따스한 시선이야말로, 체제와 이념이 다른 남과 북의 문학이 함께 추구해야 할 가치가 무엇인지 곱씹어보게 한다.

비전향장기수와 같이 양심과 신념을 끝까지 고수한 인물은 존경받아 마땅하다. 체제와 이념의 차이를 넘어선 초인적 신념을 보여주었기 때문이다. 이러한 사람들에게 보내는 찬사와 격려는, 신념을 고수하기가 그만큼 어렵고, 또 그러한 사람들이 드물기 때문이리라. 하지만 누구도 다른 사람들에게 비전향장기수와 같이 살라고 강요할 수는 없다(이러한 삶을 모든 주민들에게 강요하는 북한 사회는 가혹하다 못해 시대착오적이기까지 하다). 오히려 「미귀」의 주인공 김길만 씨처럼 전향한 장기수가 더 많다고 보는 것이 인지상정이다. 좀 더 많은 사람, 나아가 보통사람들까지 따스하게 감싸 안아주는 시선이야말로 남과 북이 함께 지향해야 할 가치가 아닐까.

김하기의 「미귀」는 분단 현실의 아픔을 되새기는 동시에, 남과 북의 문학이 미처 주목하지 못한 소중한 가치를 환기하고 있다는 점에서, 분단과 통일을 잇는 생명의 씨앗 하나를 품고 있는 셈이다. 이 씨앗의 발아發芽를 지켜볼 일이다.

23 전성태의 「강을 건너는 사람들」

"우리야 어떻게든 견디며 산다지만 죽은 제 동생 젖을 먹고 살아난

이 아이들은 장차 어떻게 살지요?"

"저 여자가 배를 직접 몹니까?"

"그렇소."

"아이를 업고 강을 오간단 말이오?"

"유명합디다. 사시장철 아이를 업고 일하는 여자라고. 왜 불안하오?"

안경잡이는 여린 신음을 뱉어냈다.

"너무 걱정 마오. 이제 다 건넌 것이나 다름없으니까."

그래놓고 교포 사내는 여자 들으라는 듯 덧붙였다.

"아이도 살릴 수 있으리다."

"선생."

어둠 속에서 안경잡이가 교포 사내를 불렀다.

"아이가 아니었더라도 나는 강을 건넜을 겁니다. 그 기억을 안고 이 땅에서 살 수 없었으니까."

얼마간 정적이 흘렀다. 서로의 눈길은 확인할 수 없지만 그들은 서로를 바라보고 있는 것 같았다.

"우리야 어떻게든 견디며 산다지만 죽은 제 동생 젖을 먹고 살아난 이 아이들은 장차 어떻게 살지요?"

어둠 속으로 교포 사내가 손을 뻗어 안경잡이의 손을 잡았다.

"너무 끔찍합니다."

울음은 사내의 등 뒤에서 터져 나왔다. 어둠마저 짓누를 듯 여자는 울음을 삼키고 있었다.

"자, 긴 이야기는 강을 건너서 하고 눈 좀 붙입시다."

정확히 삼십 분 뒤 그들은 초막을 나섰다.

거룻배 바닥에 노가 놓여 있었지만 길잡이 여자는 간짓대로 배를 밀어갔다.

교포 사내는 뱃머리를 바라보며 앉아 있었다. 나머지 사람들은 고개를 돌려 안개에 휩싸인 후방을 바라보았다. 마치 강가에 누구를 두고 가는 사람들처럼 그들은 아무것도 보이지 않는 안개 속에다가 시선을 던져놓고 있었다. 난데없이 안경잡이 사내가 큭, 하고 울음을 토해냈다. 그게 무슨 주문이라도 된 듯 그의 아내가 입을 틀어막았고, 청년이 뱃전에 얼굴을 묻었다.

탈북자들의 삶을 다룬 소설은, 늘 마음 한구석을 불편하게 한다. 가슴 속에 꾹꾹 눌러두고, 끄집어내기 싫은 그 무엇을 소환하기 때문이다. 어느 사회에서나 '인간답게' 살기는 어렵다. 사람은 누구나 허위의 가면을 쓰고 살아가기 때문이다. 하지만 우리는 탈북자 소설에서 인간의 '맨얼굴'을 만난다. 이를테면, '미국─한국(남한)─중국(조선족)─북한' 순으로 서열화되는 문명의 야만 같은 것 말이다. 문명·문화 나아가 인간의 존엄성(다양성)조차 집어삼키는 근대의 괴물 앞에 어찌할 바를 몰라 바르르 떠는 나약한 인간의 내면을 만날 때 우리는 슬쩍 눈길을 돌린다. 이 때문에 마음이 편치 않은 것일까?

필자는 최근 북한 소설을 접할 기회가 여러 번 있었는데, 북측 관점에서 그린 작품을 읽을 때는 늘 가슴 한구석이 답답했다. 보통사람들의 삶이 잘 드러나지 않았기 때문이다.

주체사상(이념)과 거기에 비낀 일상적 삶의 역설적 공존을 감내해야 하는 것이 사회주의를 고수하는 북한 사회의 현실적 운명이다. 이념이 현실을 장악하고 있으나, 바로 그 이념이 구체적인 삶의 소멸을 초래하는 비극. 즉 이념은 스스로를 긍정하면 할수록 동시에 자신의 텃밭인 현실을 부정해야 하는 모순적 운명에 처하게 되는 것이다.

이 모순적 운명의 한 극단을 보여주는 작품이 전성태의 「강을 건너는 사람들」이다. 이 소설은 이념이 붕괴된 자리에 일상적 삶이 스며드는 과정을 섬뜩하게 그리고 있다. 겉으로는 국경을 탈출하는 탈북자들의 모습을 스케치한 소품으로 보이지만, 이념의 붕괴가 야기한 북한 사회의 실상이 적나라하게 아로새겨져 있다는 점에서 주목을 끈다.

여기 제 운명에 손쓸 일이 하나도 없는 상황에 처한 다섯 사람이 있다. 그들은 강을 건네줄 길잡이를 기다리고 있다. 도강을 앞둔 다섯 사람은 농장의 사무실로 쓰인 듯한 외딴 가옥에 이레째 머물고 있다. 벽에는 생산과 작업을 독려하는 구호들이 붉은 페인트 글씨로 씌어 있지만 그 누구도 그 수치를 현실감 있게 받아들이지 않는다. 미국의 경제 봉쇄 이후 수치는 유명무실해진 것이다. 그들은 겨울을 나는 석 달 동안 밀가루 한 홉 받아본 적이 없다. 하지만 "회 바른 벽" "액자를 떼어낸 자리"(김일성이나 김정일의 사진이었을 것이다)는 여전히 "그들을 움츠러들"게 한다.

이렇듯, 전성태가 주목한 북한의 현실은 비참하다. 그는 이념이나 통치체제를 비판하는 것이 아니라 인간의 근본 조건을 심문한다. "아이들 씨가

마를 지경"이라든지 "여자들도 몸을 닫아서 달거리를 안 한다"든지 심지어 아이들의 "돌무덤"을 헤쳤다는 진술 등은 '인간의 존재조건'에 대한 근본적인 문제 제기다. 작가는 "석 달 전에 둘째를 잃"은 안경잡이 아내의 "동공이 열려 있는 상태로 얼이 빠"진 눈빛과, "나흘 전에 일을 당"한 "길잡이의 눈빛"을 포개놓음으로써, 아이를 앞세운 어미의 심정을 돌올하게 부각시키고 있다.

인용문은 이들이 강을 건너는 풍경이다. 이념의 강을 건너는 탈북자들의 내면이 응축된 시선으로 직조되어 있다. "우리야 어떻게든 견디며 산다지만 죽은 제 동생 젖을 먹고 살아난 이 아이들은 장차 어떻게 살지요?"라고 반문하는, 아니 "강가에 누구를 두고 가는 사람들처럼" "후방"을 힐끗거리다가 급기야 "큭, 하고 울음을 토해"내는 사람들 앞에, 더 무슨 말이 필요하겠는가.

작가는 이러한 상황에서도 조그마한 희망의 전언을 띄운다. 안경잡이의 아내가 달거리를 시작해서 길잡이한테 기저귀를 부탁하는 대목이 그것이다. 여기에서 달거리는 아이의 죽음을 딛고, 새로운 삶의 가능성을 잉태하는 상징으로 읽힌다. 굶주림 속에서 죽어가는 아이들 앞에, 이 장면은 너무나도 희미한 빛이지만, 이마저 없다면 우리의 삶은 얼마나 황량할 것인가?

24 정도상의 「함흥 · 2001 · 안개」

"밤안개 속에서 젊은 연인은 길고 오랜 사랑을 나누었다. 충심은 태어나서 처음으로 몸이 주는 기쁨을, 흥건하게 젖어드는 몸의 감미로움을 실감했다. 다행히 밤안개가 부끄러움과 쑥스러움을 감춰주었다."

"이거 맨 넝이(자두의 함경남도 방언)만 하네. 이렇게 작은 젖가슴은 첨이다마."

재춘 오빠의 놀림에 충심은 화들짝 놀랐다.

"오빠"

충심은 버럭 화를 내며 젖가슴을 어루만지는 그의 손길을 거칠게 뿌리쳤다. 젖가슴이 작다고 놀림을 받다니, 죽고 싶도록 부끄러웠다. 다시는 젖가슴을 만지지 못하게 하겠다고 결심했다.

"외서?"

그가 충심의 몸을 껴안으며 웃는 투로 되물었다. 기분 나빴다. 충심은 그의 몸을 밀어냈다. 하지만 그는 막무가내로 충심의 몸을 끌어안고 억지로 입맞춤을 퍼부었다. 그의 입술이 귓바퀴를 슬쩍 건드리고 지나가자 아랫도리가 젖는 느낌이었다. 자신도 모르게 충심도 그를 으스러져라 끌어안았다.

"한 번만 더 놀리면, 다신 못 만지게 할 테야."

충심의 경고에 그는 웃으며 목덜미를 살짝 깨물었다. 짜릿짜릿 몸이 떨려 왔다. 밤안개 속에서 젊은 연인은 길고 오랜 사랑을 나누었다. 충심은 태어나서 처음으로 몸이 주는 기쁨을, 홍건하게 젖어드는 몸의 감미로움을 실감했다. 다행히 밤안개가 부끄러움과 쑥스러움을 감춰주었다. 그제야 비로소 지난봄, 버려진 창고에서 재춘 오빠가 어찌하여 그토록 춘심의 몸을 원했는지 알 것만 같았다.

❀

북한의 청춘남녀들은 어떻게 사랑을 속삭일까? 북한의 문학을 통하여 이를 엿보기란 여간 어려운 일이 아니다. 북한의 문학에서 사랑은 '수령―당―인민'의 공동체적 유대에 기반한 체제 이데올로기에 봉사해 왔기 때문이다. 사랑이 행복하고 조화로운 이상 사회를 건설하려는 공적 의지에 종속되어 왔던 것이다. 북한의 문학에서 개인적 사랑이 구체적으로 형상화된 장면을 찾기 어려운 이유도 이와 무관하지 않다. 이념 지향의 서사적 그물망에 사랑의 물고기가 갇혀 있는 형국이다

주지하듯, 이상적이고 화합적인 사랑은 자아의 경계를 넘어서는 정열적인 사랑을 소외시킨다. 정열적인 사랑은 조화로운 이상 사회의 안식보다는 지배적인 규범이나 가치를 일탈하려는 개인의 내밀한 욕망과 손잡기 일쑤이기 때문이다.

그러나 홍석중의 『황진이』, 남대현의 『통일련가』, 김혜성의 『군바바』 등 최근의 몇몇 작품에서는 사랑의 신비로운 실루엣이 이념적 서사의 궤적을 서서히 잠식하고 있다. 즉 이념의 이면에 비낀 미묘한 사랑의 감정을 조금씩 그리고 있는 것이다. 이성(이념)의 자리를 넘어 넘실대는 욕망(사랑)의 물결이 서사를 꿈틀거리게 하고 있기 때문이다.

그래도 여전히 미흡하다. 동시대 청춘남녀들의 사랑이 아니라, 역사적 인물들의 그것이기 때문이다.

북한의 작품에서 연인들의 생생한 숨소리를 찾기 어렵다면, 정도상의 「함흥 · 2001 · 안개」라는 우회로를 따라가 보면 어떨까.

이 작품의 가장 큰 미덕은 북한 사회의 현실을 구체적으로 포착하고 있다는 점이다. 특히, 충심과 재춘의 사랑은 풋풋한 향내를 머금고 있다. 재

춘은 소위 '왈패'(문제아)다. 총화 때문에 집합하라고 해도 주머니에 손을 넣고 느릿느릿 걸어와 맨 뒷줄에 도마뱀 꼬리처럼 붙어 있다가 툭 떨어져 나가는 그런 사람이다. 늘 외톨이며, 유일하게 잘하는 것은 축구와 싸움이다. 충심은 우연히 그가 싸우는 모습을 목격한다. 아주 깔끔하고 춤처럼 아름다웠다. 그녀는 그 모습에 마음을 빼앗긴다. 재춘은 짓밟히는 순간에도 몸을 일으키려고 버둥거린다. 충심이 다가가자 사납게 손을 뿌리친다. 앞서가던 재춘은 느닷없이 돌아서며 충심을 끌어안고 입을 맞춘다.

가난한 연인의 사랑은 이렇게 시작되었다. 충심은 가슴 속에서 풍선이 부풀어 오르는 것만 같았다. 막무가내로 저고리 속에 손을 넣어 젖가슴을 만지려는 재춘, 턱없이 작은 젖가슴이 부끄러워 손길을 완강하게 거부하는 충심. 얼마나 솔직하고 순수한가. 재춘의 순정한 마음을 이해한 충심은 '방'만 있다면, 그에게 모든 것을 바치고 싶다고 생각한다.

인용문의 안개는 "세상의 모든 것, 심지어는 어둠까지도 덮어"주며 가난한 연인들의 방이 되어준다. 신경림의 「가난한 사랑노래」가 연상될 정도로 애처롭고, 그래서 그만큼 아름다운 장면이다.

가난하다고 해서 외로움을 모르겠는가
너와 헤어져 돌아오는

눈 쌓인 골목길에 새파랗게 달빛이 쏟아지는데.

가난하다고 해서 두려움이 없겠는가

두 점을 치는 소리

방범대원의 호각소리 메밀묵 사려 소리에

눈을 뜨면 멀리 육중한 기계 굴러가는 소리.

가난하다고 해서 그리움을 버렸겠는가

어머님 보고 싶소 수없이 뇌어보지만

집 뒤 감나무에 까치밥으로 하나 남았을

새빨간 감 바람소리도 그려보지만

가난하다고 해서 사랑을 모르겠는가

내 볼에 와 닿던 네 입술의 뜨거움

사랑한다고 사랑한다고 속삭이던 네 숨결

돌아서는 내 등뒤에 터지던 네 울음.

가난하다고 해서 왜 모르겠는가

가난하기 때문에 이것들을

이 모든 것들을 버려야 한다는 것을

(신경림의 「가난한 사랑노래―이웃의 한 젊은이를 위하여」 전문)

북한의 젊은 연인들이 나누는 순박한 사랑이 위의 시와 겹쳐지는 까닭은

무엇일까?

25 홍석중의 『황진이』

"……멀리서 들려오는 봉은사의 종소리는 옛 진이의 죽은 넋을 바래우는 애절한 초혼의 메아리마냥 구슬프게 울리고 있었다."

진이는 놈이 앞에 마주앉았다. 겁에 질린 듯 당황한 놈이의 눈에서 달빛만이 아닌 이상한 불빛이 번쩍이고 있었다. 그 황황한 불빛은 진이를 뚫어지게 쳐다보며 무언가를 간절하게 청하고 있었다. 또 그렇듯 애절하게 간청하면서 무엇인가 안타깝게 묻고 있었다. 그리고 무엇인가 절절하게 물으면서 이미 자신의 모든 것을 송두리째 진이한테 떠맡기고 있었다.

한 줄기의 가느다란 불길이, 뜨겁고 짜릿한 것이 진이의 온몸을 바늘처럼 찌르며 흘러갔다. 진이는 야릇한 충동에 사로잡혀 구레나룻이 텁수룩한 놈이의 뺨을 쓰다듬었다. 그러자 놈이는 갑자기 얼음물을 뒤집어쓴 사람처럼 흐느끼며 어린애마냥 와락 진이의 품속에 안겨들었다.

"아씨!"

놈이는 정말 울고 있었다.

진이는 처음으로 이 억센 사나이에 대한 련민에 가까운 동정을 느꼈다. 그는 흩어져 내린 놈이의 총각머리를 매만졌다.

놈이의 숨결이 가빠졌다. 후들후들 떨리는 그의 손이 진이의 몸을 더듬었다. 진이는 깜짝 놀라며 그의 손을 뿌리치려고 했으나 이미 그럴 힘이 없었다……

진이는 달빛 속에 누워 있었다. 굳은살이 박인 놈이의 거친 손이 그의 부드러운 살결을 쓰다듬으며 점점 아래로 내려왔다. 진이의 온몸이 불덩이처럼 달아올랐다. 입에서 신음소리가 저절로 새여나왔다. 문득 가슴이 무거워졌다. 무섭게 흡뜬 놈이의 두 눈이 이글거리는 숯불덩이가 되여 자기를 내려다보고 있었다.

순간 진이는 아, 하는 비명소리를 지르며 눈을 감고 얼굴을 옆으로 돌려버렸다. 눈물이 흘러내렸다.

……멀리서 들려오는 봉은사의 종소리는 옛 진이의 죽은 넋을 바래우는 애절한 초혼의 메아리마냥 구슬프게 울리고 있었다.

6·15공동선언 이후 북한문학은 기존의 이념적 지향을 완전히 벗어난 것은 아니나, 여러 분야에서 의미 있는 변화의 조짐을 보이고 있다. 특히, 북쪽의 작가가 남측의 독자를 상정하고 작품 활동을 하기 시작했다는 점은 주목할 필요가 있다.

홍석중의 『황진이』는 북측의 독자뿐만 아니라 남측의 독자들에게도 큰 호응을 얻었다. 이 작품은 '보기 드문 노골적 성애 묘사, 북한식 에로티시즘' 등의 상업적인 선전문구와 함께 남측에 소개되었다. 지은이가 『임꺽정』의 저자 벽초 홍명희의 손자이자 국어학자 홍기문의 아들이라는 사실은 남측 문단에 비상한 관심을 불러일으켰다. 그리고 남한의 권위 있는 문학상인 제19회 만해문학상(2004)을 수상했다는 사실은 단순한 흥미성을 넘어 남측에서 그 문학성을 인정받았다는 점을 시사한다.

이 작품은 북한에서 요구받는 문학의 이념을 따르면서도, 남측의 독자들도 끌어들일 수 있는 강한 흡인력을 지니고 있다. 민중을 억압하는 상층계급의 허세와 모순을 비판하는 황진이의 당찬 모습은 남북 사회 구성원 모두에게 공감을 불러일으키기에 충분하다. 이와 더불어 출생의 비밀을 둘러싼 황진이의 내면적 갈등, '성'을 둘러싼 개인들의 욕망 그리고 허위와 가식으로 가득 찬 세속을 떠나 자유인으로 거듭나는 황진이의 모습 등은 이념과 체제의 벽을 넘어 보편성을 획득하고 있다. 특히 개인의 욕망을 표출하는 언어들은 공식적 언어 일변도의 북한문학에 미세한 균열을 내고 있어 눈길을 끈다.

인용한 대목은 출생의 비밀(양반 사대부가의 딸이 아니라, 아버지 황진사와 몸종 사이에서 태어난 천한 신분이라는 사실)을 알게 된 황진이가 객주가에 몸담기를 결심하고, 놈이에게 순결을 던지는 대목이다. 자신을 지켜줄 기둥서방으로 놈이를 선택한 것이다. 자신의 과거를 부정하는, 나아가 '황진사댁 고명딸'로 살아온 '옛 진이'를 죽이는 장면에서도 욕망의 언어는 오롯이 되살아나고 있다. 여기에는 놈이에 대한 사랑이 담겨 있지 않다. 상대를 배려하지 않은 일방적 거래인 셈이다. 이런 상황에서도 작가는 진이의 몸의 욕망을 섬세하게 음각해 놓았다. "굳은살이 박인 놈이의 거친 손"이 진이의 "부드러운 살결"을 쓰다듬자, 진이의 "온몸이 불덩이처럼 달아"오르고, 입에서는 "신음소리가 저절로 새어"나온다. 진이는 이러한 몸의 욕망을 '눈물'로 외면하고 있을 따름이다.

이렇듯, 이 작품에서는 욕망 그 자체를 부정하는 것이 아니라, 양반 사대부들의 '위선과 거짓'으로 가득 찬 왜곡된 욕망을 거부하고 있는 것이다. 흥미로운 점은, 기녀가 된 황진이가 양반들의 '세속적이고 부정적인 욕망'

을 까발리는 대목에서, 북한소설에서 쉽사리 찾아볼 수 없는 선정적인 장면이 출현하고 있다는 사실이다. 선정성은 왜곡되고 뒤틀린 욕망을 응징하기 위한 의도로 설정되어 있는 셈이다. 이렇게 본다면 『황진이』에 드러난 욕망의 언어는 공적 담론에 가려져 표면화되지 않았던 북한체제의 뒤틀린 욕망을 들추어내는 역할을 하기에 충분하다.

이렇듯, 『황진이』는 북한문학이 허용하는 욕망의 언어가 다다른 한 정점을 보여준다. 비록 뒤틀린 욕망을 비판하기 위한 몸의 언어지만, 그 이면에는 건강한 몸의 욕망을 향유하려는 주체의 내밀한 의지가 깔려 있다는 사실을 간과해서는 안 될 것이다.

26 최윤의 「회색 눈사람」

“아, 그때…… 하고 가볍게 일축해버릴 수 없는 과거의 시기가 있다. 짧은 시기지만 일생을 두고 영향을 미치는 그러한 시기.”

거의 이십 년 전의 그 시기가 조명 속의 무대처럼 환하게 떠올랐다. 그 시기를 연상할 때면 내 머릿속은 온통 청록색으로 뒤덮인 어두운 구도가 잡힌다. 그렇지만 어두운 구도의 한쪽에 처진 창문의 저쪽에서 새어들어오는 따뜻한 빛이 있는 것도 같다. 그것은 혼란이었다. 그리고 무엇보다도 아픔이었다. 그것이 미완성이었기 때문에? 그러나 삶의 단계에 정말 완성이라는 것은 있기라도 한 것인가. 아, 그때…… 하고 가볍게 일축해버릴 수 없는 과거의 시기가 있다. 짧은 시기지만 일생을 두고 영향을 미치는 그러한 시기. 그래도 일상의 반복의 힘은 강한 것이어서 많은 시간 그 청록색의 구도 위에도 눈비가 내리고 꽃이 지고 피면서 서서히 둔감한 상처처럼 더께가 내려앉아 있었던 모양이다.

우리—그렇다, 지금쯤은 우리라고 불러도 좋겠다—는 매일매일 저녁을 알 수 없는 열기에 젖어 그 퇴락한 인쇄소에 갇혀서 보냈다. 서울 변두리의 허름한 상가의 한 귀퉁이에 자리 잡고 있는 평범한 인쇄소였다. 우리는 거의 석 달을 매일 저녁 만나, 서로에 대해 아는 것이 없이 일에 매달렸다. 그 평범한 인쇄소의 이름이 왜 지금에 와서 아무리 생각해도 떠오르지 않는지 알 수 없다. 아주 정교하게 고안된 기억의 제동장치의 결과라고밖에는 달리 설명할 길이 없다.

그 시기가 다시 어제의 일로, 현재의 일로 다가온 것은 아주 우연히 시선을 던진 한 일간지의 서너 줄짜리 사회면 기사 때문이었다.

삶을 대하는 두 가지 방식이 있다. 먼저, 확고한 신념으로 일을 추진할 때의 자신감 같은 것. 반면, 그 어떤 이미지나 분위기에서 비롯되는 신비로운 매혹에 빠져드는 경우도 있다.

사랑의 감정을 예로 들어보자. 전자는 대상의 성품, 생활방식, 신념, 세계관 등 확고한 사람됨에 이끌리는 경우로 볼 수 있다. 후자는 꼭 무엇인지 정의할 수는 없지만, 상대가 뿜어내는 매력에 자신도 모르게 빨려드는 경우, 즉 최윤 식으로 하자면 '어떤 사람의 목소리나 어떤 분위기 같은 것'에 끌리는 태도라 할 수 있겠다. 전자가 이성이 지배하는 방식이라면, 후자는 본능이 주도하는 경우라 할 수 있다.

우리는 이성에 익숙하다. 이성의 이름으로 분명하지 않은 것을 배제하고, 정신의 이름으로 육체의 본능을 밀어내곤 한다. 하지만 삶은 늘 괴팍하고 복잡한 것이어서, 뜻했던 대로 움직이지 않을 때가 많다. 이성으로는 어찌할 수 없는 불가해한 어떤 힘이 자신의 삶을 뒤흔들 때가 종종 있다. 삶의 아픔이나 상처 그리고 고통으로 얼룩진 흔적이 아련한 분위기로 존재하며 그 어떤 신념보다 선명한 이미지로 남을 때.

최윤의 「회색 눈사람」은 이러한 가슴 아린 한 시기를 독특한 서정과 문체로 되살려낸 작품이다. 주인공의 섬세한 내면과 암울한 시대적 현실이 오버랩되며, "짧은 시기지만 일생을 두고 영향을 미치는 그러한 시기"가 잔잔하게 펼쳐진다. 이 풍경을 조금만 엿보기로 하자.

주인공 강하원은 자신의 이름을 가지고 미국에서 굶어 죽은 한 여성의 사연이 적힌 짧은 신문기사를 접한다. 이 기사를 통해, 반복되는 일상의 더께가 내려앉은, 아련한 기억의 무늬가 의식의 표면으로 떠오른다.

가난과 외로움 속에서 우울과 자살 충동에 시달리며 하루하루를 버텨가던 휴학생, 강하원은 우연히 지하조직(문화혁명회)에 관여하게 된다. 비록

이 조직에 주도적으로 참여하지는 못하지만 "어두운 구도의 한쪽에 처진 창문의 저쪽에서 새어들어오는 따뜻한 빛", 즉 사람살이의 온기를 맛본다. 이렇듯 '안'과의 만남은 염세적이던 삶에 활력을 불어넣는다.

삶은 늘 상대적이다. 자신에게는 하찮게 여겨지는 것이 다른 사람에게는 큰 안도와 위로가 될 수 있다. '안'은 확고한 신념을 지닌 인물이다. 그가 추구하는 신념의 관점에서 볼 때 강하원은 보잘것없는 존재로 여겨질 수 있다. 하지만 '안'이 베푼 친절은 강하원에게 "사는 일이 그다지 지옥 같지는 않을 수도 있다는 엷은 희망"을 선사한다. 자신의 아픔을 치유해 줄 무언가에 대한 희망이 비로소 싹튼 것이다. 이 "마약과도 같은 희망"이 '안'의 태도와는 무관하게 강하원의 삶을 지탱하는 동력이 된다. 그러던 중 지하조직은 당국에 발각되고, 여권을 빌려주라는 '안'의 편지와 함께 '김희진'이 찾아온다. 강하원은 김희진이 자신의 여권을 위조해 출국할 수 있도록 돕는다. 이 김희진이 미국에서 아사餓死한 것이다.

이렇듯, 「회색 눈사람」은 있는 듯 없는 듯 희미하게 존재하는 주변인의 안경으로 우리 역사의 한 장면을 되비춘다. "아프게 사라진 모든 사람은 그를 알던 이들의 마음에 상처와도 같은 작은 빛을 남긴다"는 작가의 아름다운 메시지를 품고.

이제 자신의 주변을 따스한 시선으로 둘러보자. 그리고 "아, 그때…… 하고 가볍게 일축해버릴 수 없는 과거의 시기"를 한번 떠올려보자. 그 시기 혹은 장면이 떠오르지 않는다고 너무 조급해하지는 말자. 바로 지금의 이 '혼란', '아픔', '미완성'의 순간이 먼 훗날 그 시기로 기억될지 모를 일이다.

27 공지영의 「무엇을 할 것인가」

"사랑마저도 버리고 가야 할 길이 있다는데 누가, 누가 감히 그를 나무랄 수 있겠니?"

―목숨을 걸 수도 있다고 말한 적이 있었지. 그래, 분명히 그렇게 말했고 난 정말 그럴 수도 있었을 거야. 그렇지만 일상을 걸 수는 없었어. 자잘한 나날들을 건다는 건 목숨을 거는 일보다 더 힘들었어. 나의 미래…… 나의 젊은 날…… 젊음을 건다는 건 미래를 거는 일이고 일상을 건다는 건 언제까지 이어질지도 모르는 삶을 거는 거잖아. 목숨을 거는 일이 차라리 쉬웠을 거야. 하지만 나는 정말 목숨이라도 걸고 싶나?

(중략)

―스물네 살짜리 여자가 스물다섯 살짜리 남자를 사랑했어. 그뿐이었어. 그게 죄야? 공부방에 여학생들과 같이 앉아서 고기가 먹고 싶다는 생각을 했었지. 그것도 죈가? 남루한 파카에 무릎이 나온 바지 말고 예쁜 치마를

입고 싶다고 생각도 했어. 그도 아니면 수배자들과 나란히 앉아서 혹시라도 끌려갈까 봐, 끌려가서 성고문이라도 당하게 될까 봐 벌벌 떨었어. 그것도 비겁한 건가? 대체 그게 무슨 큰 죄인 거지? ……아니야, 그도 아니면 이름 한번 가르쳐달라고 말했어. 가명 말고 진짜 이름. 대체, 대체 그게 무슨 죄였다는 거야? 난 당신의 진짜 이름이 무언지 아는데…… 사실은 당신이 도서관에 매달려 있다가 끌려가던 그날부터 벌써 알고 있었는데……

그에게 그런 말을 했어야 했다. 무식하게, 일자무식하게 대들어야 했다. 그러고는 얼굴을 바꾸고, 희극을 연기하다가 갑자기 비극을 연기하는 배우처럼 얼굴을 바꾸어서 그 여자와 자고 싶어하던 가짜 대학원생에게 말해야 했다.

―그래도 우리에겐 지켜야 할 것들도 있어. 니 눈에는 우습게 보이겠지만, 무모한 결벽증이라고 생각할지도 모르겠지만…… 그건 우리의 무기야. 그것마저 없다면 돈도 없고 힘도 없고 핍박당하는 우리가, 거대한 뿌리를 가진 이 역사의 왜곡에 대항해서 대체 무얼 가지고 싸우겠니? 사랑마저도 버리고 가야 할 길이 있다는데 누가, 누가 감히 그를 나무랄 수 있겠니?

이 땅의 젊은이들이 목숨을 건 시기가 있었다. 1980년 광주의 기억을 온몸으로 끌어안으며, 역사를 올바르게 책임져보자고 눈물을 참고, 가혹한 현실을 감내하던 열정의 시대.

그 시대가 지나갔다. 이제 '무엇을 할 것인가.'

공지영의 「무엇을 할 것인가」는 1980년대를 치열하게 살아간 청춘 남녀들의 삶을 되새김질하는 후일담 소설이다. 1986년 겨울, 대학원을 그만두고 노동해방을 외치며 집을 뛰쳐나온 "스물네 살"의 여자가 있다. 그 여자는 노동현장에 투입되기 위해 혹독한 훈련 중이다. 다만, "이미 물질이 주는 쾌락을 맛본 여자"가 "노동자" 혹은 "민중이 된다는 것"이 너무 힘겨울 따름이다.

그러던 어느 날 그녀들을 지도하러 "스물다섯 살"의 선배가 온다. 그는 1983년 어느 가을날, 그 여자의 눈앞에서 도서관 유리창에 매달린 채 "산 자여 따르라!"를 외치며 사복경찰들에게 끌려갔다. 그는 공부를 하는 짬짬이 휴식시간이 되면 낡은 기타를 퉁겼다. 부드럽게, 마치 휘파람처럼 휘감기는 그의 낮은 노랫소리를 들으면서 그 여자는 왠지 가슴이 아팠다. 그가 그저 외치는 자의 소리로만 남아 있었더라면 아마 그렇게 가슴이 아프지는 않았을 것이다. 그녀의 마음은 흔들린다. 여자는 노동자가 되고 싶다는 생각과, 되고 싶지 않다는 생각이 뒤죽박죽인 채, 실마리를 풀 수 없는 혼돈에 휩싸인다. "아주 짧은 시간 허공에서 두 사람의 눈길이 부딪쳤을 때 그 여자는 그의 눈길이 특별하다"는 걸 느낀다. "사랑을 해본 사람들만이 알 수 있는 그 짧고도 긴 시간……." 여자는 이 느낌을 확인해 보고 싶었다. 확인의 과정을 재구성해 보자.

"사실은, 사실은…… 형을 사랑하고 있는 것 같아요."

그가 다시 그 여자를 안았다. 이번에는 아까보다 더 힘이 세었다. 그가 말했다.

"다 알고 있었어……" 여자는 눈물 젖은 얼굴을 그의 어깨에 비빈다.

다음 날 두 사람은 다방에서 몰래 만난다.

그가 그녀에게 말한다.

"어젯밤엔 술이 과한 것 같다. 우리 둘 다……"

그 여자가 다시 말했다.

"난 목숨을 걸 수도 있어요."

그 여자가 그를 본 것은 그것이 마지막이었다.

탕자처럼 집으로 돌아온 여자는 며칠 후 혼자서 강릉 이모 집으로 간다. 지치도록 걷던 어느 날 여자는 털썩 백사장에 주저앉았다. 누구하고라도 이야기를 하고 싶었다. 여자는 혼자서 중얼거렸다. "목숨을 걸 수도 있다고 말한 적이 있었지." 그렇지만 일상을 걸 순 없었다. 삶(일상)은 늘 이념(목숨)의 울타리를 벗어나기 마련. 아무리 마음을 다잡아도 선배에 대한 "절망감과 질투심"이 아득바득 비어져 나오듯이……

스물네 살의 여자는 그 시절, 자신의 생각을 솔직하게 표현하지 못했다. 고기가 먹고 싶고, 예쁜 치마를 입고 싶었으며, 혹시라도 끌려가서 성고문을 당하지 않을까 두려웠다. 선배의 진짜 이름도 알고 싶었다. 하지만 이러한 욕망은 "시대적 정의"라는 이름으로 억압되었다. 개인의 욕망보다, 시대적 과제가 중시된 시대였기 때문이다.

그렇다면 그 집단적 정의의 현재적 의미는 무엇일까? 화자는 "거대한 뿌리"를 가진 "역사의 왜곡"에 대항해서, "돈도 없고 힘도 없고 핍박당하는" 사람들이 맞서는 "무기"라 생각한다. "사랑마저도 버리고 가야 할 길이 있다는데 누가, 감히 그를 나무랄 수 있겠"는가? 이를 두고 "무모한 결벽증"이라 판단할 수도 있겠다. 하지만, 부정한 현실과 맞서, 인간다운 삶을 지키기 위한 소중한 가치일 수도 있는 것이다.

28 김남일의 「영혼과 형식」

"지식이란 다만 베일을 벗기는 일에 지나지 않고, 창조란 눈에 보이
는 영원한 본질을 그대로 진술하는 데 지나지 않으며……"

"고비사막이에요"

경태가 다시 말했다.

그리고 그뿐, 침묵이 이어졌다. 그러는 사이에도 기차는 계속 나아갔다.
덜커덩덜커덩. 이제 선풍기 소리는 귀에 들어오지도 않았다. 열린 창문으
로 뜨거운 바람이 후끈 몰아닥쳤다. 지평선 저 끝 산맥의 어느 자락에서 일
어나 줄곧 사막을 달려온 바람이었다. 그것은 마치 한 마리 거친 수말처럼
붉은 사막을 내달리다가 이제 비로소 장애물을 만나 순간적으로 무릎을 꿇
은 것이었다. 숨이 콱 막혀왔다. 이글거리는 불덩이가 목구멍 속으로 쑤욱
넘어오는 것 같았다. 태양은 눈부신 광채에 휩싸인 채 산맥 위로 천천히 솟
아오르고 있었다. 순간순간 빛의 무늬가 바뀌었다. 홍시처럼 붉은 빛이 얇

은 비단같이 검누른 산마루를 덮는가 싶었는데, 다음 순간 그것은 갓 잡아 올린 아침 물고기의 비늘처럼 하얀 빛으로 산산이 쪼개졌다. 그때, 산맥과 사막은 돌연 피어오르는 안개와 같은 복사열 속에서 서로 분간할 수 없게 되었다.

진작부터 나는 창조라는 말을 떠올리고 있었다. 그리고 그것처럼 허위에 찬 말이 또 있을까 의심을 품기 시작했다. 끝없이 뻗어나간 황톳빛 사막, 그건 말 그대로 황무지였다. 잔 돌과 군데군데 박혀 있는 마른 잡풀을 제외하면 거기 있는 것은 아무것도 없었다. 그 속에 생명이 숨쉬고 있다고 믿을 수 있을까. 한순간, 하늘의 모든 빛을 빨아들인 대지는 거대한 용광로처럼 시뻘건 불꽃을 내뿜으며 출렁거렸다.

눈이 아팠다. 그런데도 심장은 풋사랑의 그때처럼 거세게 다듬이질 치고 있었다. 나는 내 눈으로 보고 있는 것을 어떻게든 되옮긴다는 것이 불가능하다고 생각했다. 내 능력의 절대적인 빈곤을 인정해야 했다. 그렇다고 어떤 탁월한 예술가가 있어 그것을 글이나 음악으로 옮길 수 있다고도 생각할 수 없었다. 원고지에 펜을 대는 순간, 도화지에 붓을 대는 순간 그리고 음표를 적는 순간, 모든 것이 사라지고 말 터였다. 그렇다면 도대체 창조란 무슨 뜻일까. 아니, 무슨 뜻일 수 있을까.

지식이란 다만 베일을 벗기는 일에 지나지 않고, 창조란 눈에 보이는 영원한 본질을 그대로 진술하는 데 지나지 않으며…….

"악!"

경태가 비명을 지른 것은 바로 그때였다.

광주민중항쟁의 절규를 목격하며 시작된 1980년대 문학은 역사와 시대 현실의 중심으로 길을 떠난다. 좀 더 나은 삶에 대한 의지를 불태우며 미래를 향해 질주했던 1980년대 소설의 걸음걸이는 마치 잃어버렸던 유토피아를 다시 찾을 수 있을 것같이 힘찼다. 아니, 현실과 이상의 경계를 무너뜨릴 수 있을 것처럼 강렬했다. 따라서 이들의 여행은 고달프고 힘들었지만 행복했다.

그러나 집단적 양심과 정의에 집착한 이들의 여행은 사회주의의 몰락과 자본주의의 승리를 목격하면서 길을 잃고 표류하게 된다.

이와 함께 후일담 소설이 등장했다. 후일담 소설은 회고의 형식을 취한다. 사태가 종결된 이후 그 사건의 본질, 효용, 의미 등을 되새김질하는 것이 이 형식의 특징이다. 대체로 1980년대를 되돌아보는 낭만적 감상, 환멸이 주된 내용을 이룬다.

김남일의 「영혼과 형식」은 지난 시대의 의미를 곱씹어보는 후일담 소설의 형식을 띠고 있다.

말 그대로 경이로운 체험을 동반하는 여행이 있다. 여행자들은 눈앞에 펼쳐지는 장엄한 사막의 모습 속으로 빨려 들어갈 뿐, 신음도 탄식조차도 잊어버린다.

창조라는 의미조차도 의심케 만드는 '사막/황무지'를 충만한 생명력의 공간으로 바꾸어놓는 연금술. 이는 1980년대의 원점인 '광주'를 사막에 포개어 놓음으로써 가능해진다. 1980년대를 치열하게 살아온 투사에게 '광주'는 황톳빛 사막에서 본 자연의 웅장함 그 자체에 해당할 만큼 강렬하다.

이렇듯, 「영혼과 형식」은 존재의 근원을 향한 여정의 기록이다. 이 소설에는 두 개의 이야기가 중첩되어 있다. 운동권 투사였던 '경태'가 이유도 없이 광주까지 택시를 타고 가 난동을 부린다. 이 소식을 들은 주인공이 경태를 찾아가는 여정이 그 하나. 다른 하나는 '경태'의 모습을 보며 지난해 그와 함께 했던 돈황기행을 회상하는 이야기. 돈황기행은 경태의 분열증에 가까운 행위를 해명하는 실마리를 제공한다. "눈으로 보고 있는 것을 되옮긴다는 것이 불가능한" 풍경들. 이 풍경은 현실의 다툼을 무화시키며 심지어 문학, 예술, 음악까지도 삼켜버린다. 이러한 원초적 체험은 인간의 상상력을 초월하는 광막한 자연인 사막에서만 가능하다. 정신과 육체가 분리되지 않은 창조 이전의 광휘를 맞볼 수 있는 장소. 이 지점으로 회귀하고 싶은 욕망.

여기에 경태의 광주행이 포개진다. 서빙고 고문실에서 경태는 육체적 고통에 철저히 무너지는 정신의 나약함을 경험한 바 있다. 이는 친구를 배신하는 결과를 낳아 그에게 지울 수 없는 상처로 남는다. 이러한 상처는 돈황기행에서 불거져 나온다. 생명력이 충일한 황톳빛 사막에서 본 자연의 웅장함은 서빙고에서 저지른 배신을 덮어두지 못하게 한다. 경태는 이러한 영혼의 상처를 치유하기 위해 광주로 떠났던 것이다. 독재 정권과 맞서 싸운 경태에게 광주는 존재의 근원에 해당할 만큼의 무게를 가진 곳이다. 경태의 광주행은 돈황기행에서 본 경이로운 풍경과 맞닿아 있다. 1980년대를 존재의 근원에까지 육박시켜 형상화한 치열한 상상력, 여기에 이 소설의 눈부심이 있다.

과거에 대한 진지한 탐색이 전제되지 않고는 더 나은 미래를 설정할 수 없다는 사실을 「영혼과 형식」은 직시하고 있다. 경태의 새로운 출발이 비록 느리고 고통스럽지만, 가느다란 희망의 실루엣을 함축하고 있는 이유도 이 때문이다.

자 이제 자신의 과거를 돌아보자. 그리고 가슴에 응어리져 맺혀 있는 멍

의 실타래를 조심스럽게 풀어보자. 이 실타래를 가만가만 따라가다 보면,
자신의 청사진을 만날지도 모를 일이다.

29 이인휘의 『내 생의 적들』

"내 딸아이가 내 나이가 되었을 무렵에는 나처럼 이렇게 쓸쓸한 기억을 갖지 말고, 사람들끼리 서로를 사랑하며 아름다움이 넘쳐나는 추억만 간직할 수 있기를 바라면서 담배를 묻니다."

오늘따라 된장찌개 냄새가 구수합니다. 조금 있으면 어머니가 방문을 열고 나오실 겁니다. 안경을 끼고, 회색 운동복을 입은 모습으로 "김 서방 잘 주무셨나?" 하시면서 현관으로 나가 분홍색 운동화를 신으실 것입니다. 나는 그 모습을 보면 또 기분이 좋아 싱글거립니다. 어머니는 귀여운 어린 소녀처럼 문을 열고 나서자마자 팔을 크게 흔들며 조작조작 뛰십니다. 그러면 나는 오 분쯤 있다가 베란다로 갑니다. 그때쯤이면 어머니는 우리 아파트 창문 바로 아래를 지나치시며 나를 쳐다보십니다. 내가 손을 흔들고 있으면 잠시 멈춰 서서 숨을 헐떡거리며 손을 흔드시는 어머니, 그분이 가슴에 한으로 쌓아놓은 것들이 하루빨리 풀어지기를 바라며, 다시 달리기를 시작하시는 어머니의 뒷모습을 향해 손을 흔들곤 합니다.

"너 빨리 일어나 안 씻어?"

하루가 본격적으로 시작될 모양입니다. 아내와 초등학교 다니는 딸아이가 실랑이를 벌입니다. 조금이라도 더 자려고 서로가 먼저 씻으라고 아우성을 치는 것입니다. 딸아이가 나를 닮았으면 좋았을 텐데, 꼭 제 엄마를 빼닮았습니다. 아내의 톡톡 튀는 말버릇처럼 딸아이의 말솜씨도 보통이 아닙니다. 절대 지지 않습니다. 오늘은 누가 먼저 쫓겨 일어나 세면실로 갈 것인지, 이불을 둘둘 말며 온몸으로 서로를 밀어대는 모녀의 모습이 눈에 선합니다. 나는 담배와 라이터를 챙겨들고 베란다로 나갑니다. 내 딸아이가 내 나이가 되었을 무렵에는 나처럼 이렇게 쓸쓸한 기억을 갖지 말고, 사람들끼리 서로를 사랑하며 아름다움이 넘쳐나는 추억만 간직할 수 있기를 바라면서 담배를 뭅니다.

세상은 이미 환하게 밝은 아침으로 변해 있습니다. 창밖을 보니 나무들의 몸에서 연초록 새순들이 움트고 있습니다. 이제 곧 꽃눈처럼 활짝 피어날 저 소중한 생명들. 나는 그들을 가만히 들여다봅니다. 내 눈이 온통 싱그러움으로 가득 찹니다. 귀를 열고, 마음을 열고 그들이 속삭이는 소리를 듣습니다. 생명의 온기로 가득 찬 노래가 아침을 눈부시게 열고 있었습니다.

이인휘의 『내 생의 적들』은 과거, 더 구체적으로 1980년 대의 삶을 작품 속으로 끌어들여, '지금 여기'의 삶을 곱씹어보고 있다. 너무나 익숙한 테마지만 자세히 들여다보면, 우리가 쉽게 지나치기 쉬운 '번쩍하는 황홀한 순간'을 응시하는 작가의 날카로운 시선을 만날 수 있다. 작가의 시선은 과거를 조급하게 박제화함으로써 일탈하려는 경향과 자본의 메커니즘을 수용 혹은 거부하기에 급급한 단선적 시선 사이를 오가며 "디지털 일번지"의 현실을 차분하게 조명하고 있다.

이 작품은 '현재→과거→현재'라는 안정적이면서 회귀적인 서사구조를 지닌다. 이러한 구성을 통해 현재와 과거 사이에 똬리 틀고 있는 "이십사 년"이라는 실존적 시간의 의미를 되짚어보고 있다. 이는 과거와 현재가 공명共鳴하는 역동성 속에서 우리 사회의 정체성을 심문하려는 작가의 의도와 무관하지 않다. 문제는 과거에 대한 향수가 아니라 현재의 상황에 대한 진지한 탐색이다.

『내 생의 적들』은 화자인 김광훈이 파출소에서 전화를 받는 장면에서 시작된다. 평소 알고 지내던 나경중이 가리봉 사거리에 있는 이정표를 부수려다 경찰서에 갇혀 있다는 것이다. 나경중은 운동권 학생 출신으로 광주항쟁 시절 모진 고문을 받고 감옥 생활을 한 경험이 있는 노동자다. 그는 과거의 동지들과 인연을 끊고 살면서도 여전히 그들의 이름을 수첩에서 지우지 못한 채 간직하고 있다. 차마 과거의 동료들에게 연락하지 못하고 김광훈의 전화번호를 알려준 것이다. 광훈은 나경중과 함께 경찰서를 나오다 집으로 돌아가는 그의 뒷모습을 보며 "폐허가 된 산동네에 내리는 비를 바라보는 음산한 느낌"을 받는다. 이러한 나경중의 뒷모습은 "삶의 의욕을 다 잃어버리고 희망도 다 꺾여버린 이십사 년 전" 자신의 모습을 연상시킨다. 광훈은 대학 시절 우연히 학생운동(광주항쟁)에 연루되어 고문을 당하고 강제 징집된다. 군 생활을 하던 중 상급자를 폭행하는 사건이 발생하고, 이 사건이 어이없게도 국가보안법 위반으로 조작되어 육군 교도소에 수감된다. 이후 군 생활 부적격자로 간주되어 의가사 제대를 한다. 이러한 광훈의 파란만장한 삶과 연희와의 비극적 사랑이 섬세하게 교직된다. 연희의 죽음 이후 그는 다시 공장 생활을 하고, 주위의 도움으로 서서히 삶의 의욕을 찾게 된다. 광훈은 권력에 살해당한 친구의 동생 정혜를 만나, 의문사에 대한 양심선언을 하고 사회운동가로 거듭난다.

이 작품에서 중심인물 광훈과 경중의 삶이 만나고 갈라지는 지점은 주목을 요한다. '선반 노동자'에서 '주임'으로 변한 만큼, 혁명가의 모습이 지워져가고 있는, 그래서 이제 노동운동의 밖에서 안을 바라볼 수밖에 없는, 경중의 회한에 젖은 쓸쓸한 눈빛을 광훈의 시선을 통해 '해체/재구성'하고 있기 때문이다. 이 둘 사이의 결절점은 1980년대를 입체적으로 형상화하는 데 기여한다. 경중의 구부정한 뒷모습이 광훈의 과거와 포개짐으로써, 경중의 좌절이 지니는 사회적 의미가 광훈의 내면 여행과 랑데부한다. 이 작품에서 드러난 '광훈/경중'의 과거는 이를테면 '오래된 미래'인 셈인데, 1980년대 민중운동의 주변(광훈)과 중심(경중)을 동시에 상대화하려는 작가의 의지를 반영하기 때문이다. 존재론적인 고뇌와 사회·역사적 성찰이 광훈과 경중의 대화적 관계를 통해 격정적인 일상의 무늬로 수렴된다. 이 일상의 빛이야말로 절망의 현실에서 길어 올린 가느다란 희망의 실루엣이다.

이들이 만들어가는 서사는 세계에 대한 환멸과 냉소를 넘어, 일상 속에서 희망을 발견하는 방향으로 나아간다. 인용 장면에 제시된 이 발랄한 희망이야말로 주제의식을 집약하고 있다고 해도 과언이 아니다.

이 풍경은 '이념/실천'을 내면화한 일상의 희망을 시사한다. 희망을 구체적 일상 속에 녹여내려는 부단한 노력이야말로 작가가 1980년대를 불러와 현재의 의미를 되묻게 된 동기가 아닐까. 자본의 논리에 따라 순환되는 일상을 반복하면서, 이와는 이질적인 차이를 포착하는 작업. 이것이야말로 『내 생의 적들』이 응시하는 서사의 운명이 아닐까. 따라서 이 작품에서 보여주는 과거에 대한 탐색 작업은 현실을 도피하거나 방기하는 행위가 아니라, 가족사의 비극과 1980년대의 현실(고문의 기억)을 정직하게 대면하는 일이며, 그 속에서 몸을 일으켜 세우는 작업이다. 이는 자신을 일으켜 세우는 일이며 동시에 타자에게 손을 내미는 행위다. 스스로를 많이 사랑하고, 그 사랑이 넘쳐 타자(사회)에게로 흘러가는 모습에 대한 따스한 연민의 시선, 이 작품이 보석처럼 다듬어 빚어낸 문학적 성취다.

인용 장면에 제시된, 하루를 시작하는 활기 찬 일상은 자본의 논리와 길항하면서 자율적인 공간을 창출한다. 이러한 일상은 우리 사회를 쉽게 변혁하지는 못할 것이다. 그러나 부당한 세계의 폭력에 희생된 혈육의 한恨을 가슴에 품고, 아침마다 "귀여운 어린 소녀"처럼 "팔을 크게 흔들며 조작조작 뛰"시는 어머니의 모습이나, "오늘은 누가 먼저 쫓겨 일어나 세면실로 갈 것인지, 이불을 둘둘 말며 온몸으로 서로를 밀어내는 모녀"의 '실랑이'를 지켜보며, 흐뭇하게 아침 준비를 하는 광훈의 넉넉한 시선 속에서 "다수가 존중받는" 사회에 대한 희망의 전언을 발견할 수는 있다. 이러한 시선이 있기에 세상은 아직 살 만한 것이 아닐까.

30 신경숙의 「풍금이 있던 자리」

"다만 그 여자가 잇몸이라고 발음했을 때, 그 여자의 눈물이 제 손 등으로 툭 떨어져서 오랫동안 기억하는 것입니다."

그 여자는 칫솔에 흰 치약을 많이 묻혀 오랫동안 칫솔질을 했습니다. 역시 큰 오빠의 사주를 받은 제가 뒤따라 다니며, 그 여자의 등에 업힌 어린 애를 꼬집어 울릴 때도 말이에요. 어느 날 그 여자는 빨랫줄에 방금 물에서 막 헹궈낸 흰 기저귀를 널다 말고 칫솔에 치약을 묻혔어요. 저는 그때 마루에 걸터앉아 물끄러미 그 여자를 바라보고 있었습니다. 그러다가 문득 저도 그 여자처럼 이를 닦아보고 싶어졌어요. 칫솔통에서 제 칫솔을 꺼내 저도 치약을 묻혔죠. 저는 그때껏 그 여자가 칫솔질만 하고 있는 줄 알았는데, 아니었어요. 그 여자는 울고 있더군요. 벌써 그때 눈이 시뻘개져 있었어요. 그 여자는, 우는 모습을 제게 보인 것이 민망했는지, 오른손으로 닦도록 해, 하면서 왼손에 쥐고 있는 제 칫솔을 오른손에 쥐어주었습니다. 칫

솔을 입에 집어넣고 건성으로 쓱쓱거리고 있는데, 그 여자는 칫솔을 쥔 제 손을 자신의 손으로 싸쥐더니 입속에서 칫솔을 둥글게 둥글게 돌려 닦는 법을 가르쳐주었습니다. 이래야 잇몸이 안 다쳐. 저는 그때 잇몸이 뭔지도 모르는 때였습니다. 다만 그 여자가 잇몸이라고 발음했을 때, 그 여자의 눈물이 제 손등으로 툭 떨어져서 오랫동안 기억하는 것입니다.

⚮

신경숙은 1990년대 문학의 감수성을 가장 잘 포착해낸 작가다. 그녀와 1980년대 문학 사이의 거리는 「풍금이 있던 자리」에서 극명하게 나타난다. 한 여인이 있다. 그녀는 어린 시절 '그 여자'와 같이 사는 특이한 경험을 한다. 아버지의 외도로 '그 여자'가 짧은 기간 집에서 머물게 된 것이다. 가족을 위해 억척같이 살아온 전형적인 시골 아낙네인 친엄마와 향기로운 분 냄새, 샴푸 냄새를 풍기는 이국적인 '그 여자' 사이에서 어린 소녀는 내면의 갈등을 겪는다. 도덕(이성)적으로는 '그 여자'를 절대로 좋아해서는 안 되지만, 마음 한구석에서 본능적으로 끌리는 어쩔 수 없는 마음. 이를 1980년대적 윤리(이성, 의식)와 1990년대적 감수성(욕망, 무의식) 사이의 긴장이라 할 수는 없을까? 성인이 된 주인공은 어느새 유부

남을 사랑함으로써 불륜의 사랑에 빠져든다. 자신도 모르는 사이에 과거의 '그 여자'와 같은 처지에 놓이게 된 것이다.

이 작품에서 화자는 '어머니'의 삶과 '그 여자'의 삶 사이에서 머뭇거린다. 신경숙의 감성적(소녀적) 문체는 이를 효과적으로 드러내는 장치로 기능한다. '그 여자'의 삶이 이미지의 형태로 드러나는 점에 주목해 보자. '그 여자'의 이미지는 맑고 투명하다. 하지만, 이 맑고 투명한 이미지도 가족공동체의 기반을 흔드는 '나쁜 여자'의 꼬리표를 떼어내지는 못한다. 이 '나쁜 여자'의 이데올로기를 신비롭고 아름다운 이미지로 포장하는 것이 작가의 연금술이다. 편지투의 고백체는 이를 효과적으로 드러낸다. 독자는 이러한 문체에 감염됨으로써 '그 여자' 나아가 '화자'의 모습에 감정 이입된다.

이러한 감정 이입에는 위의 인용에서 드러나듯, 칫솔질로 대표되는 상징/이미지가 효과적으로 기능한다. 신경숙의 문체는 '그 여자'의 칫솔질 이면에 가로놓인 눈물〔恨〕을 효과적으로 길어 올림으로써, '이루어져서는 안 될 사랑'을 '이루어질 수 없는 사랑'으로 치환하는 데 성공한다. 이는 '불륜'을 '사랑의 본질적 속성'과 포개 놓음으로써 이루어진다. 신경숙은 프롤로그에서 수컷 공작새와 코끼리거북의 사랑을 애틋하게 음각하고 있다. 작가는 이들의 '이루어질 수 없는 사랑'을 '아버지/그 여자', '화자/그이' 사이의 '이루어져서는 안 될 사랑'으로 교묘하게 치환하고 있다.

이러한 치환에도 불구하고, 화자는 '그이'의 가족을 생각하고 스스로 연인의 곁을 떠나며, '그 여자'는 막내에게 젖을 주러 잠깐 다녀간 어머니의 모습을 보고 집을 떠난다.

이렇듯, 「풍금이 있던 자리」는 '이루어질 수 없는 사랑'과 '이루어져서는 안 될 사랑' 사이에서 가족 이데올로기라는 쥘부채를 들고 아슬아슬하게 줄타기를 하고 있는 작품이다.

31 윤대녕의 「은어낚시통신」

"아침이 오기까지 나는 그녀의 손을 잡고 내 살아온 서른 해를 가만 가만 벗어던지며, 내가 원래 존재했던 장소로, 지느러미를 끌고 천천히 거슬러 올라가고 있었다."

지금부터, 돌아가고 싶다고 나는 간신히 그녀에게 말했다.

그러자 촛불 속에서 그녀의 얼굴이 수초처럼 잠깐 흔들렸다. 그 촌음의 순간에 나는 그녀를 처음 만났던 제주 밤바다를 아스라이 떠올리고 있었다. 봄, 유채꽃, 기러기, 은어, 달, 하동…… 이런 것들을. 이런 것들 속에서 만났던 그녀를. 어쨌거나 나는 거기까지 생각이 가 닿아 있었으므로 용기를 내어 그녀에게 말했다. 허위와 속임수와 껍데기뿐인 욕망과 이 불면의 나이를 벗어버리리라고.

아녜요, 더 거슬러 와야 해요. 원래 당신이 있던 장소까지 와야만 해요.

그녀가 그렇게 말하면 말할수록 나는 뼈아픈 마음이 되어갔다.

울진 왕피천까지 와 있다고 나는 말했다. 어쨌든 이런 식으로 말해야 한다는 걸 알고 있었다.

……좀, 더, 와야만 해요

표정 없던 그녀의 얼굴에 격한 감정의 흔들림이 스치고 지나가는 게 보였다. 그러한 와중에 나는 그녀가 나를 만나곤 하던 그때의 순간들에 나에게서 지워지지 않는 상처를 입었음을 확연히 깨달았다.

그녀는 산란중인 은어처럼 입을 벌리고 무섭게 몸을 떨고 있었다. 그녀는 그런 자세로 물끄러미 나를 바라보고 있다가 마침내 벽에 모로 기대어 천천히 흐느끼기 시작했다.

그러나 그 먼 존재의 시원, 말하자면 내가 원래 있어야만 하는 장소로 돌아가기까지 나는 보다 많은 밤과 낮을 필요로 해야 했다.

긴 흐느낌의 시간이 흐른 뒤, 나는 가까스로 그녀에게 다가가 살아 있는 자의 온기라곤 느껴지지 않는 그녀의 차디찬 손을 완강하게 거머쥐었다.

아침이 오기까지 나는 그녀의 손을 잡고 내 살아온 서른 해를 가만가만 벗어던지며, 내가 원래 존재했던 장소로, 지느러미를 끌고 천천히 거슬러 올라가고 있었다.

언제부터인가 은어, 연어, 고등어, 청어 등 물고기가
문학 작품에 자주 등장하기 시작했다. 인간이 자신의 기원을 심문하는 과
정과 맞물려 물고기가 인기를 얻은 것이다. 은어와 연어가 단골로 등장하
는 이유도 자신이 태어난 곳으로 회귀하는 그들의 속성 때문이다. 이들의
행위를 통해 인간은 스스로의 정체성(본질/뿌리)을 되돌아보는 소중한 기
회를 얻는다.

요즘 TV 드라마를 보면, '낳은 정이 먼저일까, 기른 정이 우선일까?' 식
의 주제들이 곧잘 등장한다. 대부분 사람들은 기른 정이 애틋하다고 말할
것이다. 하지만 기른 정 못지않게 낳은 정도 중요한 의미를 지닌다. 인생은
스스로 만들어가는 것이라 말하곤 하지만, 이는 '태어남' 이후의 일이다.
인간은 '존재의 시원'을 스스로 결정할 수 없기 때문이다.

그렇다면 인간은 왜 뿌리에 집착하는 것일까? 실존주의 철학을 언급하
지 않더라도, 인간은 이 세상에 자신의 의지와는 무관하게 던져진 존재이
기 때문이리라. 다시 말해 존재의 유한성을 넘어서는 지점에 생명 탄생의
신비가 놓여 있는 것이다.

한편, 이러한 '존재의 시원'에 대한 탐색은 시대적 변화와도 맞물려 있

다. 1980년대 후반 소련을 중심으로 한 국가사회주의의 붕괴는 한반도에 큰 파장을 일으켰다. 전 지구의 자본주의화는 거대담론의 붕괴와 미시담론의 급부상을 야기했다. 사회·역사적 상상력이 퇴조하고 개인의 내밀한 욕망이 주된 탐색의 대상이 된 것이다.

그리하여 인간의 존엄을 쟁취하기 위한 투쟁에서 존재의 내면을 응시하는 방향으로 문학의 초점이 이동하였다. 이를 욕망의 부활로 지칭할 수 있을 터인데, 역사(공동체/우리)에서 일상(개인/자아)으로 문학적 관심이 이동한 것이다. 인간답게 살기 위해, 혹은 최소한의 생계를 유지하기 위해 사회적 불평등의 조건과 길항했던 윤리 지향의 문학이, 어느덧 스스로의 내면(욕망/뿌리/기원)을 되돌아보는, 즉 '존재의 시원'을 탐구하는 문학으로 몸을 바꾼 것이다.

'인간은 물고기다. 은어다'는 명제로 대변되는 이러한 내면 지향의 문학은 만물의 영장으로 군림해 온 인간의 존엄을 무참하게 짓밟는다. 이성을 통해 문명의 창조자이자 자연의 지배자로 승승장구해 온 인간의 오만함을 정면에서 비판하는 선언인 셈이기 때문이다. 자신의 뿌리(시원)로 회귀했을 때, 이성이니 윤리니 도덕이니 하는 인간의 존엄성을 지탱하던 주춧돌이 자연스럽게 붕괴되기 때문이다.

1990년대와 행복하게 조우한 작가 윤대녕의 「은어낚시통신」은 이러한 경향의 맨 앞자리에 놓이는 작품이다. 시원의 공간은, 이를테면 생명이 만들어지는 어머니의 자궁이다. 자아와 타자 사이의 구분이 없는 동질감(일체감)의 세계다. 그러나 세상에 첫발을 내디딘 이후, 우리는 다시 어머니의 자궁으로 돌아갈 수 없다. 다만, 메타포(비유/상징)를 통해 그 세계를 간접적으로 유추할 수 있을 따름이다. 여기에서 '시원으로 거슬러 올라가는' 행위는, '지금 이곳'의 현실과는 다른 진정한 현실을 찾아가는 일로 규정할 수 있다. 다만, '돌아가고자 하는 그곳은 어디인가?' 혹은 '무엇 때문에 회귀하는가?' 등의 질문을 견딜 수 있어야 할 것이다. 과거로의 회귀는 구체적 현실(돌아가지 못하게 하는 부정적 현실)과 팽팽한 긴장을 유지하고 있어야 한다. 그래야만 현실 도피(과거로의 퇴행)를 넘어, 부정한 현재를 지양止揚하는 '오래된 미래'로 돌아가는 일이 될 수 있기 때문이다.

이 점을 염두에 두고 「은어낚시통신」을 차분하게 음미해 보자. 그리고 이 작품에서 "그녀의 손을 잡고 내 살아온 서른 해를 가만가만 벗어던지며, 내가 원래 존재했던 장소로, 지느러미를 끌고 천천히 거슬러 올라가"는 주인공의 행위가 진실한 삶의 가능성을 시사하고 있는지 판단해 보자. 그 판단은 고스란히 독자들의 몫이다.

32 은희경의 『새의 선물』

> "'절대 믿어서는 안 되는 것들'이라는 목록을 다 지워버린 그때, 열 두 살 이후 나는 성장할 필요가 없었다."

내가 내 삶과의 거리를 유지하는 것은 나 자신을 '보여지는 나'와 '바라보는 나'로 분리시키는 데서부터 시작된다. 나는 언제나 나를 본다. '보여지는 나'에게 내 삶을 이끌어가게 하면서 '바라보는 나'가 그것을 보도록 만든다. 이렇게 내 내면 속에 있는 또 다른 나로 하여금 나 자신의 일거일동을 낱낱이 지켜보게 하는 것은 20년도 훨씬 더 된 습관이다.

그러므로 내 삶은 삶이 내게 가까이 오지 못하도록 끊임없이 거리를 유지하는 긴장으로써만 지탱돼왔다. 나는 언제나 내 삶을 거리 밖에서 지켜보기를 원했다.

(중략)

그때 1969년 겨울, 나는 조그만 앉은뱅이책상 앞에서 '절대 믿어서는 안

되는 것들'이라는 제목의 목록을 지우고 있었다. 동정심, 선과 악, 불변, 오직 하나뿐이라는 말, 약속…… 마침내 목록을 다 지운 나는 내 가운뎃손가락 마디에 연필 쥔 자국이 깊게 파인 것을 한참동안 내려다보았다. 그 이후 지금까지 나는 인간이 진심으로 사랑하는 것은 자기 자신뿐이라고 확신하고 있는 것이다. 요즘도 나는 뭔가를 쓰다가 이따금 연필을 내려놓고 가운뎃손가락 마디의 옹이를 한참 내려다보곤 한다. 나는 삶을 너무 빨리 완성했다. '절대 믿어서는 안 되는 것들'이라는 목록을 다 지워버린 그때, 열두 살 이후 나는 성장할 필요가 없었다.

누구의 가슴 속에서나 유년을 결코 끝나지 않는 법이지만 어쨌든 내 삶은 유년에 이미 결정되었다. 그리고 그 순수한 시절에 내 인생을 결정하도록 해준 것은 애초부터 선의라고는 갖지 않은 삶의 그나마의 호의일 것이다.

❀

우리는 수첩이나 일기장에 자신의 신념이 스며든 단어들을 꾹꾹 눌러 새기곤 한다. '성실, 인내, 끈기, 믿음, 사랑' 등. '노력해서 얻으려는 가치' 들이 대표적인 목록일 것이다.

얼마 전 전철에서 보고 재미있게 메모한 "내가 차버리고 싶은 것들"의 목록도 이와 동전의 양면을 이룬다. '노력해서 버리려는 가치'들인 것이다. "공주병, 천사표, 호박씨, 내숭, 깍쟁이, 게으름, 나몰라, 지각, 옛날 앤 사진, 추억, 비호감, 체중계, 몸짱 콤플렉스, 칼로리 고민, 무단횡단, 착각, 고집, 반응 없는 18번, 충동구매, 바디라인, 두려움, 눈물, 직장상사, 퇴근시간, 보호본능, 푸념, 성깔" 등이다.

열심히 노력했는데도 얻어지지 않고 버려지지 않는 것들이 많다는 데 문제가 있다. 삶은 늘 개인의 신념을 비웃고 조롱하며, 인생의 부조리한 모순을 연출하곤 한다.

이러한 삶의 반어적 속성에 응전하는 두 가지 방식을 고려할 수 있다.

첫째, 주체의 의지와 삶의 모순 사이의 간극을 인정하고, 이를 좁히기 위해 끊임없이 노력하는 것이다. '열심히 노력하면 안 되는 것이 없다'는 명제로 요약되는 이러한 삶의 방식은 우리 사회가 요구하는 모범적 인간형을 만들어낸다.

둘째, 세상에 대한 냉소와 환멸을 통해 삶의 모순과 아이러니를 비웃고 조롱하는 것이다. 이는 세계를 합리적으로 이해하려고 노력했으나 그 세계가 끊임없이 주체를 밀어낼 때 취하기 쉬운 방식이다. 이러한 현실에 맞서 비합리적인 혹은 반합리적인 방식으로 세계를 해석하려는 태도를 취하는 것이다.

　은희경의 『새의 선물』은 후자의 방식으로 삶의 진경을 탐색하고 있다. 여기 "절대 믿어서는 안 되는 것들"이라는 제목의 목록을 지우고 있는 열두 살의 소녀가 있다. "가운뎃손가락 마디"에 "옹이"가 맺히도록 꾹꾹 눌러 믿었던 가치들을 지우며, "인간이 진심으로 사랑하는 것은 자기 자신뿐"이라고 선언한다.

　이 계집아이의 당돌한 선언은 어디에서 기인하는 것일까?

　은희경의 『새의 선물』은 세계에 대한 냉소와 환멸을 무기로, "애초부터 선의라고는 갖지 않은 삶"의 무게를 나름의 방식으로 감당하는 한 당돌한 소녀의 이야기다. "나는 삶을 너무 빨리 완성했다"거나 "열두 살 이후 나는 성장할 필요가 없었다" 혹은 "내 삶은 유년에 이미 결정되었다" 같은 문장은 이 영악한 소녀의 내면을 엿볼 수 있게 하는 대목이다. 세상의 불합리성을 이미 체득한 자가 할 수 있는 일이란, 이러한 세상을 조롱하고 비웃으며 성장을 멈추는 일밖에 더 무엇이 있겠는가? 이러한 냉소와 환멸이 부정을 위한 부정 혹은 불만투성이의 하소연으로 빠지지 않기 위해서는 어떻게 해야 하는가?

　열두 살 화자가 지우는 "동정심, 선과 악, 불변, 오직 하나뿐이라는 말, 약속" 등으로 대변되는 "절대 믿어서는 안 되는 것들"의 목록은, 우리 사회가 요구하는 덕목들이다. 우리 사회가 필요로 하는 이 목록들의 허위성을 일찍이 깨달은 화자는, 더 성장할 필요가 없는 것이다. 해도 되지 않는 것이 있다는, 삶의 반어적 속성을 통찰한 것이다. 삶의 이면을 엿보고, 삶의 비의를 알아버린 화자에게 세상은 그 어떤 호의도 베풀지 않기 때문이다.

내밀한 삶의 속살을 한 꺼풀씩 벗겨내는 열두 살 계집아이의 시선이 부담스러운 이유도 바로 여기에 있다. 하지만 냉소와 환멸 이면에 삶의 진실과 진실한 사랑에 대한 열망이 비껴 있다는 사실을 놓치지 말자. 자신이 감당하기 어려운 상처를 다스리고 위무하기 위해 선택한 방법일 뿐이다. 하여, 어린 화자의 위악적이고 냉소적인 시선은, 부조리한 삶의 허망함과 잔인함을 꿰뚫는 날카로운 역설이라 할 수 있다.

어이없고 하찮은 우연이 삶을 이끌어간다. 삶은 농담인 것이다. 그러나 어쨌든 우리는 이 삶을 부둥켜안고 견뎌야 한다. 『새의 선물』이 보여주는 냉소와 환멸은 우연이고 농담인 우리의 삶을 부둥켜안고 견디는 한 가지 방식이다.

33 구효서의 「깡통따개가 없는 마을」

"청국장 맛과 냄새, 식당 분위기, 그리고 노파의 음성은 아주 오래
전에 내가 버린 내 것 같다는 생각을 했었다."

청국장 맛과 냄새, 식당 분위기, 그리고 노파의 음성은 아주 오래 전에
내가 버린 내 것 같다는 생각을 했었다. 결코 다시 찾고 싶지 않은. 그러면
서도 혼자일 경우 나는 어느 틈에 종로를 찾는다. 새점 치는 노파 앞을 지
나치지 않아도 얼마든지 1호선을 탈 수 있는데, 나는 마치 깜박 잊었다는
듯 번번이 그녀 앞을 통과한다. 엉뚱하고 하찮은 상상력이 내 뱃속에서 우
주만큼 자라는 날이면 말이다.

한 해에 단편을 (그럴 수는 없겠지만 하여튼) 한 열 편정도 쓴다고 하자.
문예지에 연재도 한다고 하자. 이만하면 작가로선 대성공이다. 아내는 그
러나 납득하지 못한다. 원고료로 따져보자. 가장 많이 주는 계간지 원고료
로 계산해도 다 합해 8백만 원이다. 일 년 열두 달을 8백만 원 가지고 살 수

있어? 나는 살 수 있다고 말한다. 아내는 애 둘 데리고 살 수 없다고 한다. 나는 살 수 있다고 한다. 청국장처럼. 그러면 아내는 말한다. 당신 일 년에 단편 몇 편 발표해? 지금까지 연재라는 걸 한 번이나 해봤어?

나는 자꾸 헛배가 불러서 종로 3가를 찾다가, 이 도시를 떠나봐야지 하고 생각했다. 내 육신이, 거대해진 복부 한켠에 붙어 있는 작은 부속물처럼 느껴지기 시작하면서. 아주 떠나는 게 아니라 한 보름 정도. 난 아주 떠나게 생겨먹질 않았다. 길면 한 스무 날 정도. 청국장집 같은 데서 삼시 세끼 밥을 먹고, 새점 치는 노파 목소리에 몇 날 며칠 갇혀 살아보고 싶었다. 그러면 배가 좀 꺼지려나.

❀

얼마 전 방송 매체에서 아역배우들의 실상을 보도한 적이 있다. 스타의 꿈을 안고 방송에 출현해 고달픈 삶을 버텨내는 아이들의 모습이 가슴 아리게 다가왔다. 어린 나이에 치열한 경쟁을 뚫고 스타가 되었지만 그 유명세만큼 겪는 고통도 만만찮다. 한창 또래들과 어울릴 나이에 친구도 제대로 사귈 수 없음은 물론, 성인들도 소화하기 힘든 빡빡한 스케줄을 이겨내야 한다. 그 나이 때에 즐기고 배워야 할 것들을 경험하지 못한 채 냉정한 사회에 뛰어든 것이다.

배우는 잘 다듬어진 상품이다. 기획사들은 이익을 얻기 위해 스스럼없이 아이들을 상품화한다. 돈이 안 된다고 판단되면 즉시 외면하는 것이 자본의 논리다. 이를 알고 있음에도, 연기학원에는 아이들이 넘친다고 한다. 한 술 더 떠, 부모들 또한 자신의 아이를 아역스타로 만들기 위해 기꺼이 희생을 감수한다. 대화가 있는 단역을 맡는 것이 소원인 한 초등학생은 새벽 여섯시에 집을 나서 자정 가까운 시간이 되어서야 고단한 몸을 이끌고 돌아온다. 당연히 학교 수업은 땡땡이다. 몇 번의 오디션에 떨어지자, 외모 때문에 탈락했다고 생각하고 성형수술을 받기에 이른다. 심지어 한 어린이는 실감나는 장면을 연출하기 위해, 인형을 쓰기로 한 당초의 추락 장면을, 부득부득 우겨 직접 연기하기까지 했다고 한다. 명장면을 연출하기 위한 아이의 장인정신(?)에 부모도 어쩔 수 없었다고 한다.

화려한 조명 뒤에 가로놓여 있는 음험한 경쟁 논리를 미처 이해하기도 전에 스러지는 아이들. 스타라는 이름 뒤에 가려진 아이들의 희생에 적극적으로 관심을 기울여야 할 때다. 이러한 아이들의 모습을 보며 구효서의 「깡통따개가 없는 마을」이 떠오른 이유는 무엇일까?

이 작품은 현실과 소통하지 못하는 암담한 상황에 놓인 전업작가(다른 직업을 가지지 않고 오직 글쓰기를 통해 생계를 유지하는 작가)의 자의식을 다루고 있는 소설이다. 주인공의 처지는 '청국장'에 대한 에피소드에서 잘 드러난다. '청국장' 같은 소설을 쓰고 싶지만, 세상은 '햄버거'와 '샌드위치' 같은 상품을 원한다. 주인공은 청국장을 파는 식당에서 밥을 먹고 나오는 사람이 되기 싫지만, 혼자일 때는 늘 그곳으로 밥을 먹으러 간다. 가서는 늘 허겁지겁 먹고 빠져나와 시치미를 뗀다. 주인공에게 '청국장'은 아주 오래전에 스스로가 버린, 결코 다시 찾고 싶지 않은 그 무엇을 상징한다. 하나의 상품으로 기획되는 오늘날의 소설은 '청국장'보다는 '햄버거'나 '샌드위치'에 더 가깝기 때문이다.

「깡통따개가 없는 마을」의 주인공은 아역스타를 꿈꾸는 아이들과 상반된 입장에 처해 있다. 자신이 꿈꾸던 작가의 길을 가고 싶지만, 현실은 이를 용납하지 않는다. 작가로서 품은 꿈을 상징하는 '청국장/새점'은 '햄버거/샌드위치'(인스턴트식품/포장된 상품)에 밀려 더 이상 설 자리가 없다. 화려한 조명을 좇아 스타를 꿈꾸는 아이들이 미처 자신의 다양한 가능성을 탐색해 보기도 전에 미디어를 통해 주입된 음험한 경쟁 논리에 알몸으로 노출되어 있다면, 「깡통따개가 없는 마을」의 주인공은 진정으로 자신이 원하는 작가의 길을 가고 싶지만 돈이 안 된다는 이유로 그 길을 접어야 하는 처지에 놓인 것이다.

새삼 우리 사회의 냉혹함을 곱씹어본다. 정체성에 대한 고민을 박탈하고

스타의 꿈을 아이들에게 주입하는가 하면, 진짜 자신이 원하는 일을 하려
는 자들에게는 '생활/생존'의 논리로 이를 가로막고 있는 현실.

그렇다면 어떻게 살아야 할 것인가?

 정미경의 『장밋빛 인생』

"제발 부탁이야. 누군가 날 좀 꺼내줘. 이토록 현란한 동영상 속에서 날 꺼내줘. 오프 버튼을 눌러달라구. 이 어지러운 화면 속에서 이제 그만 나가고 싶어."

누군가 불을 켰다. 아주 환하게.

광원은 등 뒤였다. 내 등 뒤엔 강호가 서 있었지.

순간 스키드 마크가 대뇌에 그대로 새겨질 만큼 급정거하는 소리. 비명 소리는 저쪽 촬영팀에서 터져나왔다. 소리를 지르며 그들은 내 쪽을 쳐다보았다. 트럭의 헤드라이트가 내 허리 옆에 있었다.

나는 강호의 비명 소리를 듣지 못했다. 촬영용 소품처럼 강호는 던져져 있었다.

경찰차들이 먼저 도착했고 그 다음에야 앰뷸런스 소리가 들렸다. 누워 있는 강호의 둘레로 누군가 흰 선을 그었다. 나는 제복을 입지 않은 경찰의 무표정함에 깜짝 놀랐다. 나는 강호 옆에 가까이 가지 않았다. 어쩐지 나는 이미 알고 있었다. 앰뷸런스에서 내린 사람이 경찰을 쳐다보며 고개를 흔들기 전부터. 들것에 옮겨 흰 천이 덮인 강호를 앰뷸런스에 싣고 나자 바닥엔 백묵으로 그은 듯 희디흰 선이 서툰 폐곡선을 이루었다. 그 폐곡선 안은 마치 다른 차원이 세계처럼 보였다. 그 폐곡선의 경계에 검게 보이는 피가 주저하듯 조금 흘러 있었다.

강호야. 흰 백묵으로 그려진 너의 왼팔은 머리 위로 가볍게 넘겨져 있다. 잠이 들면 왼팔을 머리 위로 올려놓는 건 너도 모르는 너의 습관이었지.

누군가 모래를 가져와 핏자국을 지운다. 이차원의 평면으로 납작해져 버린 너의 흔적 위로 구겨진 비닐봉지 하나가 지나간다. 그래. 언젠가 너는 회색 콘크리트 벽 앞에서 머뭇거리듯 날아오르는 비닐 조각을 얘기했었다. 보이지 않는 바람의 손길을 따라 그저 휘날릴 뿐인 저 남루한 비행에 관하여. 그것이 생이 아니더냐고 너는 물었었지. 언제였던가.

그래, 이건 30초면 끝날 CF의 한 장면일 뿐이야. 암청색 조명이 꺼지고 나면 너는 일어나 흙 묻은 청바지를 털고 크리에이티브와 이미지에 대해 떠들어야지. 50프로의 확률을 얘기하는 의사 새끼에게 아직 어여쁘게 젊은 니 심장을 보여줘야지. 삶의 개 같은 우연성을 이런 식으로 증명할 필요는 없잖아.

제발 부탁이야. 누군가 날 좀 꺼내줘. 이토록 현란한 동영상 속에서 날 꺼내줘. 오프 버튼을 눌러달라구. 이 어지러운 화면 속에서 이제 그만 나가고 싶어.

그러고 싶어.

불을 켜줘.

❈

정미경의 『장밋빛 인생』은 일상의 삶을 송두리째 축제의 공간으로 몰아넣는 화려한 광고의 세계와, 그 이면의 환멸을 감각적인 문체로 포착하고 있다. '노동 없는 축제'의 허상을 해부하고 있는 셈이다.

섬세하면서도 속도감 넘치는 문체는 조작된 환상을 유포하는 광고의 세계에 독자를 흠뻑 젖어들게 하면서도, "인생은 15초, 30초를 지나서도 꿈틀거리고 소금 냄새를 풍기며 자꾸만 감겨오는 지독한 것"이라는 사실을 고통스럽게 환기하며, 가상과 현실의 경계를 아슬아슬하게 넘나든다.

'민'의 죽음으로 시작된 이 소설은 '강호'의 죽음으로 끝을 맺는다. 이에 '강호'와 '민'은 화자의 정체성을 심문하는 두 축이라 할 수 있다. '강호'는 광고로 대변되는 일상의 삶을 되짚어보게 하는 인물이며, '민'은 광고 너머의 삶을 응시하는 계기를 마련해 준 화자의 또 다른 자화상이다.

이강호는 광고에 처음으로 눈을 맞추고, 광고를 보며 옹알이를 배우고, 동요보다 시엠송을 먼저 외운 "광고 세례를 받고 자라난 세대"에 속한다. 그에게 지난 광고는 묵은 일기장이고, 새로운 광고들은 일상의 이정표가 된다. 이러한 강호를 보면서 화자는 '도플갱어', 즉 십여 년의 시간을 거슬러 올라가 그때의 자신을 보는 것 같은 착각을 일으킨다.

이강호는 일에 대한 열정과 능력을 두루 갖춘 인물이지만 몸에 결함이 있다. 심장이 약해서 수술을 받아야 할 형편이다. 동맥의 괴사가 심해서 언제 쓰러져 심장이 멈추어버릴지 모르는 처지인 것이다. 그래서 그는 사랑도 기피한다. 사랑은 상대방의 '전 존재'를 요구하기 때문이다. 중간에 망가져서 상대에게 반칙을 하고 싶지는 않다.

이러한 이강호의 모습은 현대 젊은이들의 언밸런스한 삶을 상징한다. "완강한 턱선 아래, 탄탄한 근육 아래 겨우 존재하는 심장"은 정신과 몸, 이성과 감성, 의식과 무의식의 단절과 균열을 보여주기 때문이다. 결국 그는 비극적 죽음을 맞이한다. 꿈을 미처 펼쳐보기도 전에 그가 그토록 열망했던 광고 제작 현장에서 교통사고로 죽는다. 이러한 이강호의 죽음은 화자의 과거와 현재를 순식간에 삼켜버린다. 이는 화자가 가졌던 열정의 스러짐이며, 현재의 삶이 가상현실에 불과하다는 사실을 고통스럽게 각인시킨다.

한편, 성공을 위해 앞만 보고 달려온 화자 앞에 '민'이란 인물이 나타난다. '민'은 메이크업 아티스트다. 그녀는 모델들을 포장하는 일을 한다. 그러나 자기 얼굴에는 전혀 화장을 하지 않는다. 그녀는 모델들과는 달리 "지우개로 슬쩍 문지른 그림"으로 다가온다. "선명하면서도 아득하고 다만 완전한 집중을 요구하는 오만함"으로 다가온 민은 "언어로 설명할 수 없는" 매혹으로 화자를 빨아들인다.

이러한 '민'의 모습은 "푸른 바다와 검은 잠수복 차림의 인간의 얼굴, 그리고 천진난만하게 펼쳐든 아기 고래의 암회색 꼬리가 어우러진" "지독하게 낯"선 이미지와 겹쳐진다. 이 사진은 화자에게서 김민희, 그리고 강호에게로 전달된다. 이들 광고 제작자들은 이 사진의 "놀랍고도 평화로운 느낌"에서 전쟁터 같은 '지금 이곳'의 삶에서 잠시나마 벗어날 수 있을 것 같은 희망을 엿본다. "아득히 먼 곳으로 이끌려갔다가 문득 내가 딛고 선 이곳을 보여주기", 사진의 풍경과 현실의 '콘트라스트(contrast)'야말로 광고제작자들의 꿈이다.

화자는 '민'의 모습에서 저 사진의 풍경을 본 것은 아닐까. 그녀를 통해 화자는 현실과 현실 너머의 세계를 '콘트라스트'한다. 현실 속에서 현실 너머를 꿈꾸는 광고의 역설. 이러한 광고의 운명은 하나가 될 수 없다는 사실을 알면서도 하나가 되려고 열망하는, 소통의 불가능함을 알면서도 그것을 갈망하는 사랑의 운명과 동궤에 놓인다.

이에 『장밋빛 인생』에서 사랑은 광고의 다른 이름이다. 이러한 모순된 운명을 온전하게 짊어지는 방법은 죽음밖에 더 있겠는가? 자살로써 사랑의 운명을 증명한 '민'의 죽음은 이렇게 가상세계를 벗어날 수 없는 광고의 운명을 보여준 '강호'의 죽음과 연결된다.

이러한 "삶의 개 같은 우연성" 앞에서 우리는 무엇을 할 수 있겠는가? 공허한 메아리로 돌아온다는 사실을 감수하고라도 다음과 같이 외쳐볼밖에……

제발 부탁이야. 누군가 날 좀 꺼내줘. 이토록 현란한 동영상 속에서 날 꺼내줘. 오프 버튼을 눌러달라구. 이 어지러운 화면 속에서 이제 그만 나가고 싶어.

"거짓된 진실은 진실된 거짓말보다 훨씬 악질적으로 많은 사람들을 오도할 우려가 있는 것이다."

　서로 의심하지 말지니 여러분 가운데 정치가는 없다. 하다못해 그들의 떨거지인 보좌관, 정상 회담장의 웨이터, 국제연합의 대사 같은 닳아빠진 인간도 없다. 그들은 너무 뻔한 거짓말을 해서 거짓말쟁이의 품위를 떨어뜨리기 일쑤다. 또 우리 중에는 경제학자, 고등수학자, 핵물리학자, 점성술사도 없다. 그들이 믿고 있고 주장하는 거짓된 진실은 진실된 거짓말보다 훨씬 악질적으로 많은 사람들을 오도할 우려가 있는 것이다.

　여러분, 거짓말이란 무엇인가. 그것은 인생을 기름지게 하고 인간의 상상력을 우주의 차원으로 넓혀주는 것이다. 거짓말은 진실이라는 딱딱한 빵 속에 든 슈크림처럼 의외의, 달콤하고 살살 녹는 이야깃거리와 즐거움을 준다. 거짓말이 없는 인생은 고무줄 없는 팬티요, 팬티 없는 팬티용 초인장

력 고무줄이다.

(중략)

위대한 거짓말 세계의 신생아 여러분. 거짓말에 대해 부끄러워해서는 안 된다. 거짓말은 선천적인 것이다. 어차피 인간의 말속에는 거짓이 섞일 수밖에 없다. 후천적으로, 억지로 배우는 것은 거짓말을 하지 말라는 도덕률이라는 거짓말이다. 타고난 것을 부끄러워할 필요가 있을까.

❀

성석제의 거짓말은 '개연성 있는 허구'라는 소설의 태생적 운명을 함축한다. 소설은 거짓말로 진실을 이야기해야 하며, 예술성과 대중성이라는 두 마리의 토끼를 잡아야 한다는 점에서, 야누스(수녀/창녀)의 얼굴을 지녔다.

"거짓된 진실은 진실된 거짓말보다 훨씬 악질적으로 많은 사람들을 오도할 우려가 있다"로 요약할 수 있는, 성석제 소설을 떠받치는 주춧돌은 아이러니(반어)다. 이 주춧돌 위에 그는 희극적 건축물을 쌓아올린다. "거짓말을 하지 말라는 도덕률"의 엄숙함을 조롱하며 "거짓된 진실"의 허상을 비틀면 희극적 효과를 얻을 수 있다. 이 희극적 상상력이야말로 "거짓된 진실"을 비웃으며 "진실된 거짓말"을 추구하는 성석제 소설의 핵심이다. 성석제의 소설이 1990년대 이후 우리 문단을 수놓았던 내성적 나르시시즘과 일정한 거리를 유지하고, 동시대의 문학사적 소명에 진지하게 응답하고 있는 지점도 바로 여기이다.

특히, 성석제가 시도한 짧은 소설(엽편소설)은 삶의 반어적 속성을 포착하는 날카로운 통찰력이 돋보인다. 그는 우리 사회의 부끄러운 이중성, 감추어진 속성을 아이러니한 태도를 통해 폭로한다. "완전히 진실하지도 않고 거짓으로 가득 찬 것도 아닌 반쪽짜리 얼뜨기 같은 세상"에서 그는 "진정한 거짓말쟁이"의 삶을 살겠다고 다짐한다. 올바르고 고고한 진정성道을 찾아 나서기보다 도道가 아닌 것, 즉 반대 행위를 통해 진정성의 의미에 근접해 보자는 의도다. "이것은 거짓말이다. 거짓말은 즐겁다"고 선언한 이후에, 거짓말의 향연을 펼친다는 점에서 그는 진실된 거짓말쟁이다.

성석제의 『번쩍하는 황홀한 순간』이라는 짧은 이야기 모음집을 읽고 무릎을 친 적이 있다. 이 책에서 성석제는 인생의 모든 순간이 "번쩍거릴 수는 없다. 없는 것으로 하고 싶고 잊어버리고도 싶지만 엄연히 인생의 한 부분인 순간"도 있다고 썼다. 그는 "인생을 여는 열쇠구멍"이라 할 수 있는 "번쩍하는 황홀한 순간"을 응시한다. 이 응시는 황홀한 순간 이면에 가려진 일상의 어두운 장면 또한 길어 올리고 있다는 점에서 주목을 요한다.

성석제의 짧은 소설은 "번쩍하는 황홀한 순간"과, 그 순간에 대한 주석註釋으로 이루어져 있다. 이 순간과 주석의 길항이야말로 시와 소설의 경계를 오가며 팽팽한 긴장을 유발하는 성석제 식 짧은 소설의 형식적 본질이다. 그의 짧은 소설이 시詩로 비상할 수 없는 이유는 인생의 황홀한 어느 한 순간을 인생 그 자체와 동일시할 수 없다는 사실을 전제로 하기 때문이다. 짧은 소설에서 '짧은'이라는 형식적 제약은 인생의 황홀한 어느 한 순간을 포착하기에 적절하며, '소설'이라는 형식은 이 순간의 이면에 놓인 세세한 일상을 포획하는 데 기여한다.

성석제의 거짓말도 "번쩍하는 황홀한 순간"처럼 우리의 정신을 아찔하게 한다. 하지만 거짓말이 이 순간의 이면에서 삶의 진실을 길어 올리고 있다는 사실도 기억하자. 거짓이 판을 치는 세상에서 "거짓된 진실"을 애써 강조하기보다 "진실된 거짓말"을 추구하는 것이 더 정직한 삶의 태도가 아닐까. 힘들고 어려울 때 위안이 되는 거짓말도 있을 테니까. 이것이야말로 성석제 식 거짓말이 지닌 효용이다.

36 하성란의 「곰팡이 꽃」

"진실이란 것은 쓰레기봉투 속에서 썩어가고 있으니 말야."

남자는 아파트에 살고 있는 사람들의 취향을 환히 꿰고 있다. 쓰레기장을 조사하여 그 지역에 사는 사람들의 생활실태를 알아보는 '가볼리지(garbology)'라는 사회학의 수법이 있다는 것을 책에서 본 적이 있다. 애매모호한 설문지보다는 쓰레기장을 뒤지는 것이 더욱 확실한 방법일 것이다. 쓰레기는 거짓말을 하지 않는다. 쓰레기야말로 숨은 그림 찾기의 모범답안이다.

(중략)

남자와 사내는 100미터 길이의 뒤뜰에 서 있다. 무성한 풀숲에서 작은 인형을 찾는 것은 쉬운 일이 아니다. 그럼 서로 양쪽 끝에서부터 다시 뒤져봅시다. 남자는 주위를 두리번거리며 나무 막대기를 찾는다. 바쁘시지 않으세요? 남자는 막대기를 주워들고 뜰의 가장자리로 걸어가면서 말한다.

제게 남아도는 건 시간뿐이죠. 막대기로 풀을 치면서 땅바닥을 살핀다. 얼핏 고개를 들어 보니 사내가 벌건 얼굴에서 흘러내리는 땀을 팔소매로 닦아 내고 있다. 후텁지근한 날씨다. 한낮의 기온이 섭씨 28도를 오르내리고 있었다. 오늘 밤, 마지막으로 딱 한 개야. 딱 한 개만 하고 그만둘 거야. 남자는 넥타이를 풀어 양복 주머니에 넣는다. 도대체 알 수가 없다니까. 진실이란 것은 쓰레기 봉투 속에서 썩어가고 있으니 말야. 남자는 다시 풀숲을 막대기로 사정없이 휘두르기 시작한다.

❀

인간이면 누구나 가면을 쓰고 살아간다. 스스로에게 가면이 몇 개인지 질문해 보자. 부모님을 만날 때, 선생님을 만날 때, 이성 친구를 만날 때, 아니면 좋아하는 사람을 만날 때, 싫어하는 사람을 만날 때 등등……. 우리는 그때그때마다 상황에 맞는 가면을 꺼내 쓴다. 그렇다면 진짜 자신의 모습은? 헷갈린다. 우리는 가면을 벗은 '맨 얼굴'을 접할 기회가 점점 줄어드는 사회에 살고 있다. 정체성의 혼란, 자아의 분열, 인간 소외 등의 현상은, 이 가면과 '맨 얼굴'의 간극에서 발생한다.

그렇다면 가면을 벗고 '맨 얼굴'을 보여주면 어떠한 현상이 발생할까?

카프카의 「변신」은 이를 상징적으로 포착한 작품이다. 근대를 살아가는 개인이 자신의 '맨 얼굴'을 노출하는 상황을, 카프카는 인간이 징그러운 벌레로 변신하는 것으로 알레고리화했다. 가족을 위해 개미처럼 일한 주인공이 결국 가족에게까지 버림받는 존재로 전락한다. 섬뜩하다.

이러한 상황에서 타인과 진정한 소통을 할 수 있겠는가? 문학이 이 불가능한 소통을 문제 삼는 이유도 바로 여기에 있다.

여기 남의 쓰레기봉투를 뒤지는 한 남자가 있다. 다분히 변태적인 인물이다. 100여 개가 넘는 쓰레기봉투를 매일 한두 개씩 뒤져, 아파트 단지 내 90여 가구의 취향을 어느 정도 짐작한다. 그는 봉투에서 나온 쓰레기나 영수증 등에 적힌 목록들을 꼼꼼하게 정리한다. 그리고 아파트 주민들의 삶을 관찰한다.

그리고 사랑하는 연인(최지애)에게 버림받은 한 사내가 등장한다. 그는 최지애가 생크림 케이크와 바다를 좋아한다고 생각한다. 하지만 여자는 다이어트 중이고 바다보다는 산을 좋아한다. 여자는 남자가 좋아하는 생크림 케이크를 억지로 먹어주는 데 지쳤고, 남자는 여전히 여자가 생크림 케이크를 좋아한다고 믿는다.

쓰레기봉투를 뒤지는 남자와 실연한 사내가 우연히 만난다. 쓰레기봉투를 뒤지는 남자는 그 속에서 최지애의 진실을 발견한다. 과일만 빼 먹고 버려진 생크림에는 곰팡이 꽃이 피어 있었으며, 구례행 무궁화 열차표 한 장과 빨랫줄에 걸려 있던 흙물이 든 노란 양말은 혼자 산에 갔다는 사실을 암시한다. 사내가 한 번쯤이라도 여자의 쓰레기를 훔쳐볼 수 있었다면 그들은 헤어지지 않았을지도 모른다.

떠나버린 여자를 찾아온, 영영 최지애의 진실을 알길 없는 사내는 아파트 뒤뜰의 숲에서 그녀가 버린 '작은 인형'을 찾는다. 사내와 함께 풀을 뒤적이던, 쓰레기봉투 뒤지는 남자는 조용히 읊조린다. "도대체 알 수가 없다니까. 진실이란 것은 쓰레기봉투 속에서 썩어가고 있으니 말야."

진실은 과연 어디에 있을까? 가면을 벗어버린 '맨 얼굴'에 있는 것은 아닐까? 하지만 이 '맨 얼굴'은 쓰레기봉투 속에서 '곰팡이 꽃'을 피우고 있을 따름이기에 쉽게 만나기 어렵다.

37 안도현의『연어』

"그래. 존재한다는 것, 그것은 나 아닌 것들의 배경이 된다는 뜻이
지."

"그럼 아저씨의 삶의 이유는 뭔가요?"

"그건 내가, 지금, 여기 존재한다는 그 자체야."

"존재한다는 게 삶의 이유라고요?"

"그래. 존재한다는 것, 그것은 나 아닌 것들의 배경이 된다는 뜻이지."

은빛연어는 배경, 이라는 말이 귀에 거슬렸다. 언젠가, 나의 배경은 턱큰
연어야, 라면서 거들먹거리던 연어들이 생각났기 때문이다. 그들은 툭하면
남의 먹이를 빼앗았고, 힘자랑을 일삼았다. 그들은 연어 무리의 작은 법률
이라도 되는 듯 행세했던 것이다. 그래서 배경, 이란 늘 무섭고 어두운 거
라고 그는 생각해왔던 것이다.

"배경이란 뭐죠?"

"내가 지금 여기서 너를 감싸고 있는 것, 나는 여기 있음으로 해서 너의
배경이 되는 거야."

"아하!"

똑같은 단어도 누가 사용하는가에 따라서 엄청나게 의미나 느낌이 달라
질 수 있다는 것을 은빛연어는 알았다.

❀

안도현의 『연어』는 '은빛연어'의 회귀 본능을 모티프로
한, 교훈적이면서도 아름다운 '동화'다. 이윤 추구의 논리가 개인의 무의식
까지 장악한 각박한 시대, 경쟁에 지친 현대인의 메마른 가슴에 촉촉한 단
비가 되어주는 작품이다. 이 작품을 읽는 내내 프랑스 철학자 모리스 메를
로퐁티가 주장한 '나란한 보편(lateral universal)'이란 개념이 머릿속을 떠나
지 않았다. 역지사지易地思之와 비슷한 의미를 지니는데, '자신의 것을 남
의 것으로 보고, 남의 것을 자신의 것으로 보는' 방법에 대한 주요한 시사
점을 제공한다. 또한 남과 나를 '구분하면서 연결해 주는' 역할을 한다. '구
분하면서 연결한다'는 것은 타자를 자기중심적으로 흡수 혹은 배제하지 않
고, 자아와 타자의 차이를 식별한 상태에서 연결짓는 것을 말한다.

사람은 누구나 다른 사람의 '배경'으로 살아간다. 남의 것을 빼앗고 힘자랑을 일삼음으로써 타자 위에 군림하는 '배경'도 있다. 그러나 똑같은 단어도 '누가, 어떻게' 사용하느냐에 따라 의미나 느낌이 달라질 수 있다. 나와 너를 '나란한 보편' 즉 공존하는 우리가 되게 하는 '배경'도 있다. 삶이 아름다운 것도 서로가 서로의 '배경'이 되어 "내가 지금 여기서 너를 감싸고" 있기 때문이다. 따라서 내가 "지금, 여기 존재한다는" 것은 내가 타자의 '배경'이 되고, 타자는 나의 '배경'으로 살아간다는 사실에 다름 아니다. 나와 너는 이 '배경'을 매개로 서로의 경계를 넘어 '우리'가 된다. 이를 통해 너와 나는 상생相生의 에너지로 거듭날 수 있다. 나와 타자가 어울려 서로의 경계를 넘나드는 아름다운 장면을 연출해 보자. 연어보다 연어 떼, 나보다 우리가 아름다운 것도 서로를 감싸는 이 '배경'의 실루엣 때문이리라.

38 정지아의 「풍경」

"다른 사람과 똑같은 시간을 보냈으나 그의 시간을 압축하면 고작 몇 줄에 불과할 것이다. 먹고 자고 농사를 짓는 것 외에 그는 다른 삶을 알지 못했다."

아직 해는 중천에 떠 있었지만 아침나절의 온기는 느껴지지 않았다. 산골의 밤은 빨리도 찾아올 것이다. 어두워지기 전에 저녁밥을 지어야 했다. 그는 해가 뜨면 일어나 밥을 짓고 밥을 먹고 곡식을 심고 거두고 해가 서산에 걸리면 밥을 짓고 밥을 먹고 그리고 잠을 잤다. 어머니가 노망든 이후 그의 삼십 년은 하루같이 그러했다. 그 전이라고 크게 다르지도 않았다. 다른 사람과 똑같은 시간을 보냈으나 그의 시간을 압축하면 고작 몇 줄에 불과할 것이다. 먹고 자고 농사를 짓는 것 외에 그는 다른 삶을 알지 못했다. 읍내의 주황색 불빛 속으로 끝내 발을 딛지 못한 것은 홀로 남은 어머니가 뒷덜미를 당긴 탓이 아니었다. 강나루에서 끝나는 신작로까지가 어머니의 품이며 그의 세계였던 것이다. 다른 삶을 기웃거렸던 형들은 죽고, 외딴 집에 머문 그만 살아남았다. 다행일 것도 불행일 것도 없었다. 집 앞 상수리 숲이 큰 바람을 껴안고 요동칠 때 질경이는 땅바닥에 납작 엎드려 죽은 듯 바람을 피했고, 키 큰 포플러가 환희에 들떠 온몸으로 햇살을 튕겨낼 때 민들레는 한 줌의 햇살로 그 빛을 담은 샛노란 꽃을 피워냈다. 길바닥의 질경이도, 키 큰 주목도, 아름드리 느티나무도 꼭 저만큼의 바람과 햇볕과 비를 끌어안고 태어나 죽는 것이다. 어머니와 반평생을 마루에 나앉아 그가 본 것은 세상이 아니라 그런 것이었다.

정지아의 「풍경」은 '근대 너머 혹은 근대 밖의 풍경'(마을과 동떨어진 외딴 집의 삶)을 긍정함으로써, 근대인의 욕망을 되비추는 데 성공하고 있다. 작가는 '기억의 현상학'을 펼쳐 보인다. 여기 "백 살을 바라보는 노망든 할망구와 벌써 환갑을 지난, 세상과 섞여본 일 없는 늙다리 아들"이 "낡아 부스러질 듯한 두 개의 기둥처럼" "세월을 버티고" 서 있다.

먼저, "기억을 쌓아가는 것이 아니라 잃어가는 시간"을 버티고 있는 어머니를 따라가보자. 그녀는 기억을 버림으로써 과거를 전유하고 있다. 어머니가 맨 처음으로 잃은 기억은 "홀로 남은 어미를 끝내 버리지 못한" 아들이다. 이는 현재(근대적 삶) 지우기 혹은 거부하기에 해당한다. 기억을 잃음으로써 '과거의 시간'을 살 수 있는 것이다. 이를테면, 지난겨울 내내 어머니는 '강된장'에만 밥을 비벼 먹었다. 모든 기억을 다 버린 뒤에도 어머니의 몸은 '강된장'의 그 맛만은 잊어버리지 못한다. 하여, 어머니는 '강된장'에 꽁보리밥을 비벼 먹던 그 시간을 살고 있다. 화자에 대한 기억을 잃어버린 어머니는 걸핏하면 그를 "여수 14연대를 따라 입산한 큰형이나 작은형"으로 착각하곤 했다. 이제 그 몸의 기억마저 놓아버린다.

이러한 어머니의 삶에, "기억을 먹으며 늙어가고 있"는 아들의 삶이 포개진다. 그는 "다섯 명의 누이와 세 명의 형들"이 떠난, "마을에서 근 십 리나 떨어진 외딴 산집"에서 "죽음 같은 시간의 강을 건너는 중"이다. "여인의 손길 한 번 닿은 적 없는 순결한, 제 안으로 욕망을 삼키고 이제 그 서푼어치의 욕망마저 잃어버린, 순결하다 하여 두고 볼 것도 없는, 그저 어쩔 수 없는 세월을 견뎌온, 고목처럼 볼품없는 몸"을 입고 있다. "다른 사람과 똑같은 시간을 보냈으나 그의 시간을 압축하면 고작 몇 줄에 불과할 것"인 늙은 아들은 "먹고 자고 농사를 짓는 것 외에 다른 삶을 알지 못"한다. 그날이 그날 같은 세월이 육십 년, 살았달 것도 없는 인생이다. 다만, "순환하는 사계 속에서 기억만이 계절의 순환을 이탈하여 저 홀로 종유석처럼 자라"
날 뿐이다.

세상과 고립되고 단절된 삶은 '질경이', '주목', '느티나무'처럼 필요한
만큼의 "바람과 햇볕과 비를 끌어안고" 세월을 버텨온 그것이다. 이러한 생
을 두고 어머니는 "내 새끼, 그래 한 시상 재미났는가?" 묻는다. 아니, 아들
의 마음이 물었는지도 모를 일이다.

대답은 이렇다. "아궁이 속의 불길에 홀린 듯한 세상이 훨훨 날았으니,
재미있었다고 할 수 있을 것인가." "해가 뜨면 새로 주어진 하루를 살아내
듯 곁에 있는 어머니와 함께 살아왔을 뿐이다. 어머니는 어머니였고 세상
이었으며 유일한 동무였다."

세월을 버티고 선 모자의 쓸쓸한 풍경이, 냉혹한 근대의 논리와 맞서 묘
한 긴장감을 유발한다. 이를 반근대 혹은 전근대의 풍경이라 지칭할 수도
있겠다. 하지만, '근대 미달'의 그것이라 단정할 수는 없을 듯하다. 자본의
논리가 지배하는 시대라 해서, 근대적 삶의 양식만이 바람직하다고 볼 수
는 없기 때문이다.

'전근대/근대/탈근대'의 혼종은 '지금 여기'를 살아가는 사람들의 일반
적인 삶의 조건이다. 우리는 근대가 주도적인 영향력을 발휘하고 있는 시
대를 살고 있을 뿐이다. 「풍경」은 근대적 삶의 부정적인 요소들을 에둘러

되새기고, 이를 통해 근대적 삶의 양식뿐만 아니라 여러 갈래의 방식이 공존하고 있다는 것, 나아가 우리의 삶은 이 다양한 방식의 삶이 공명하며 빚어내는 무늬라는 것을 보여준다.

이렇듯, 「풍경」에는 '전근대→근대→탈근대'의 선형적 논리로 재단할 수 없는, 아니 이를 가로지르는 삶의 도도한 기품이 흐르고 있다. 세월(시간)에 대한 긍정이, 스스로에 대한 긍정으로 나아가, 마침내 타자(세상/어머니)에 대한 긍정으로 이어지는 장면이 잔잔한 감동의 물결을 일으킨다. 이 물결은 근대의 정점을 살아가고 있는 우리에게 지나온 삶을 곱씹어보라고 손짓한다.

39 심윤경의「토토로의 집」

"치밀어오르는 눈물만은 참으려고 이를 악물어보는데, 발가벗고 돌아누워 부끄러움을 삼키는 이 밤은 언제 끝날까? 토토로라면 혹시 알까?"

"미안해. 당신에게 정말 미안해. 조금만 기다려줘. 다 잘될 거야."

그가 내 어깨에 얼굴을 묻고 이런 말들을 속삭였다. 어질어질한 머리로는 잘 알아들을 수 없었다. 무엇을 얼마만큼 기다려달라는 걸까. 그가 사정하기를? 그가 교수가 되기를? 내 몸은 남편의 움직임을 따라 규칙적으로 흔들렸다. 거친 파도에 몸을 맡긴 조각배처럼 나는 대책 없는 무력감에 몸을 떨며 황망하게 먼 곳으로 눈길을 돌렸다. 창문의 싸구려 커튼에는 먼 가로등 불빛에 실린 거목의 그림자가 드리워져 있었다.

도토리를 선물로 주는 숲의 요정에게 소원을 빌면 이루어질까? 무엇보다도 남편이 교수가 될 수 있기를. 집을 처분해 입금한 그 돈이 대학의 마

음에 흡족하기를. 거대한 나무에 깃든 신령한 숲의 친구가 있다면, 다음주

쯤에는 임용 결정을 알리는 기쁜 전화가 올 수 있게 도와주기를. 하지만 숲

의 요정에게 이렇게 속물스럽고 어처구니없는 소원을 빌어선 안 되겠지.

나는 아이들에게 손수 만든 간식을 챙겨주고, 저녁이면 곁에서 숙제를 도

와주는 좋은 엄마가 되고 싶다는 소원을 생각해냈다. 사랑할 땐 날치같이

싱싱하게 허리를 내두르고, 절정에 오르면 비단천을 찢는 듯이 아리따운

교성을 내지르는 정열적인 아내가 되고 싶다. 그러나 그러려면 결국 남편

이 교수가 되어야 한다는 똑같은 결론으로 돌아오고 말았다. 착한 요정과

천진한 아이들이 나무 위에서 나를 내다보는 듯하여 나는 손으로 얼굴을

가렸다. 치밀어오르는 눈물만은 참으려고 이를 악물어보는데, 발가벗고 돌

아누워 부끄러움을 삼키는 이 밤은 언제 끝날까? 토토로라면 혹시 알까?

❈

심윤경의 「토토로의 집」은 흔들리는 가족의 정체성을

적나라하게 응시하고 있는 작품이다. 화려한 문명의 빛에도 불구하고, 최

저생계비도 벌지 못하는 현실은 '지금, 여기'를 살아가는 가족을 여전히 짓

누르고 있다. 네 식구의 생활비를 벌기 위해 몸부림치며 "통증과 신음을 혀

밑에 가두는" 엄마의 숨 막히는 절규는, 윤리·도덕으로 포장된 낭만적 가족의 신화를 "천 리 밖으로 밀어내기"에 충분하다.

작품의 줄거리를 따라가보자. 화자는 조실부모하고 외삼촌 밑에서 가난하게 자랐다. 안간힘을 쓰고 기어 올라간 인생의 최고 정점인 군대(군무원으로 근무)에서, 인생의 최저 하락점을 묵묵히 감내하며 장교로 근무하고 있던 남편을 만난다. 서울에 살던 부유한 남편과 지방에 살던 가난한 화자는 열정적 사랑에 빠져 결혼한다. 이들이 결혼한 이듬해 사업을 정리하고 통장을 챙겨서 은퇴한 시아버지는 주식 투자에 손을 대 "한평생 땀과 노동으로 빚어낸 알토란" 같은 재산을 신기루처럼 날려버린다.

이후 화자는 남편이 학업을 마치고 취업할 때까지만 생계를 책임지기로 합의하고 생활 전선에 뛰어든다. 네 식구의, 아니 시아버지의 병원비까지 책임져야 하는 실질적인 가장이 된 것이다. 월급을 고스란히 보내도 아이들 학비와 시아버지 병 수발하기도 빠듯하다. 남편은 가까스로 박사학위를 받지만 교수 자리를 약속했던 대학에서는 연락이 없다. 남편은 서울에 있던 집을 팔고 수도권 인근 Y읍으로 이사 오면서 그 차액을 모두 모교의 어떤 통장으로 입금했다. 천하에 둘도 없는 샌님이었던 남편이 그런 방법을 모색하고 실행에 옮긴 것이 애틋한 생각도 들었지만 그건 먼 하늘의 유성 꼬리처럼 순간적이고 희미한 감상에 불과했다.

  이 작품은, 주말마다 시간 외 근무를 해야 했으므로 휴일조차 없었던 화자가 "아프고 지친 몸"을 이끌고 새로 이사한 집을 방문하는 것으로 시작된다. 육체적 피로와 가족에 대한 그리움이 교차되는 화자의 내면을 치밀하게 형상화하고 있는 작가의 시선은 우리 사회의 정체성을 정면에서 문제 삼고 있다. 가족이 여전히 우리 사회의 정체성을 심문하는 바로미터라는 사실을 피해 가지 않는 시선이 올곧다.

  먼저, 현실적 고통(육체적 피로감, 불행/불운)과 덧없는 희망 사이에서 길항하는 화자의 양가적인 내면 풍경을 엿보기로 하자. 일상에 찌든 화자에게, 가족과 함께 있다는 안도감은 '최면'이나 '환상' 정도로 여겨진다. 이 최면과 환상은 숲의 요정 토토로의 이미지와 절묘하게 교차된다. 아이들의 순수한 마음을 반영하는 동화와, 엄마의 피곤하고 지친 몸이 표상하는 현실 사이에 가로놓인 심연深淵. 가족을 지키려는 안간힘은 이 동화와 현실 사이의 괴리를 봉합하려는 의도만큼이나 무모한 일인지 모른다. 피로와 노동에 찌든 몸을 이끌고 가정이라는 울타리에 돌아온 화자가 아이들과 남편을 위해 헌신하는 모습이 눈물겨운 것도 이 때문이다. "엄마가 찾아온 행복한 저녁의 기억을 아이들이 온전히 꿈에 담고 잠들 때까지만이라도" "통증과 신음을 혀 밑에 가두려 애" 쓰는 엄마.

  화자는 "도토리를 선물로 주는 숲의 요정에게 소원을 빌"어 본다. 남편이 교수가 될 수 있기를, 임용 결정을 알리는 기쁜 전화가 오기를. 하지만 신령한 숲의 요정에게 이렇게 속물스럽고 어처구니없는 소원을 빌어서는 안 될 일. 화자는 고개를 저으며 "좋은 엄마", "정렬적인 아내"가 되게 해달라고 얼른 소원을 바꾼다.

하지만, 아내의 두 가지 소원은 야누스의 표정처럼 서로 얼굴을 맞대고 있는 형국이다. 이러한 절망적인 현실 앞에서 "치밀어오르는 눈물만은 참으려고 이를 악물"고 "발가벗고 돌아누워 부끄러움을 삼키"는 엄마의 모습이야말로, 우리 시대 '발가벗은 가족'의 자화상이 아닐까. 심윤경의 「토토로의 집」은 이 가족의 자화상을 외면하지 않고 정직하게 응시하고 있는 작품이다.

40 이명랑의 「까라마조프가家의 딸들」

"더런 년, 나와! …… 뭐라고 용을 쓰는 거야! 내가 여기 둘 줄 알

구…….""

"더런 년, 나와! …… 뭐라고 용을 쓰는 거야! 내가 여기 둘 줄 알

구…….""

둘째딸은 마침내 제 엄마, 0번 아줌마를 집 밖으로 끌어냈고 0번 아줌마

가 대문 앞에 사지를 뻗고 눕자 득달같이 안으로 달려들어가서는 대문을

잠가버렸다.

"더런 년! 더런 년! 모두, 알았지? 저년한테 문 따주면 다들 내 손에 죽

을 줄 알어! 어떤 인간이고 문 따주면 다 죽는다구!"

대문 안쪽에서 둘째딸의 고함소리가, 아니 울부짖음이 들려왔다. 그것은

절규였다. 뒤이어 가슴을 쥐어뜯는 한숨소리가 골목 안을 가득 메웠다. 0번

아줌마는 딸아이에게 끌려나올 때는 발버둥 그 자체였다가 대문 앞에 버려

질 때는 눈물이더니 이제는 한숨이 되어 있었다.

0번 아줌마는 누운 채로 굳게 잠긴 대문을 바라봤다. 자기가 당한 일을 도저히 못 믿겠다는 표정이었다. 0번 아줌마는 가까스로 대문까지 기어갔다. 손바닥으로 있는 힘껏 대문을 밀었다. 대문은 열리지 않았다. 0번 아줌마는 이번에는 주먹으로 두들겼다. 대문은 꿈쩍도 안 했다. 골목 안에는 쿵쿵쿵쿵, 대문 두들기는 소리가 요란하지만, 그러나 공허하게 울려퍼지고 있었다.

얼마의 시간이 흘렀을까. 0번 아줌마가 어금니를 악물고 일어섰다. 대문의 문고리를 쓰다듬으며 문패를 올려다봤다. 0번 아줌마의 눈동자에는 미처 다 헤아릴 수 없이 많은 말들이 스쳐 지나가고 있었다. 변명이었다가 후회였다가 증오였다가 그리고 체념……

(중략)

"쌍년들……."

아줌마의 입에서 나온 최후의 말이었다.

이명랑의 「까라마조프가의 딸들」은 영등포 시장에서 생활하는 민초들의 삶을 생생하게 그린 연작소설,『삼오식당』에 실려 있는 단편이다. 이 작품은 '현미'와 '0번 아줌마'의 팍팍한 삶을, '사랑'과 '생활'이라는 키워드로 직조하고 있다. '까라마조프가의 딸들'과 '0번 아줌마'는 영등포 시장의 생존 환경을 적나라하게 내면화하고 있다.

'까라마조프가의 딸들'은 '생활'이라는 칼날로, 어머니의 '사랑'(순정)을 가차 없이 베어버린다. 둘째딸이 "더런 년, 나와!…… 뭐라고 용을 쓰는 거야! 내가 여기 둘 줄 알구……"라고 울부짖으며 어머니인 '0번 아줌마'를 집에서 쫓아내는 장면은 섬뜩하기까지 하다. 우리 문학사에서 찾아보기 드문 비정한 장면이며, '사람답게' 살아보려고 발버둥친 '0번 아줌마'의 꿈을 단죄하는 '생활'의 현장이기도 하다. 딸의 '고함소리/울부짖음/절규'와 어미의 '발버둥/눈물/한숨'이 포개지며, 인륜을 짓밟는 삶의 무게가 메아리친다.

'까라마조프가의 딸들'은 이미 아버지를 내친 바 있다. 아버지가 노름빚을 지자 가차 없이 가게 명의를 엄마 앞으로 돌린다. 동시에, 위장 이혼 서류를 꾸미고, 아버지를 집밖으로 내몬다. 그리하여 '황씨'는, '0번 가게'에서는 종업원이자 입찰을 대신 해주는 동업자로, '0번 아줌마'에게는 남편을 대신하는 든든한 버팀목으로, 현미를 비롯한 그 집 세 딸들에게는 아버지를 대신해 자기네 '생활'을 꾸려주는 고마운 오빠로, '악바리 할매'에게는 삶의 무게에 짓눌린 딸의 얼굴에 웃음꽃이 피게 해준 은인으로, '까라마조프가'에 입성하게 된다. 이 '복덩이' '황씨'가 급기야 '0번 아줌마'와 '부적절한 관계'를 맺기에 이른다. 팔자가 사나워 등이 휘도록 일만 하고 멍 가실 날 없이 허구한 날 매만 맞고 살던 '0번 아줌마'는 '황씨'를 통해 인생의 달콤함을 맛본 것이다.

'0번 아줌마'와 '황씨'의 관계는 "사랑도, 배반도, 불륜도 아니고, 슬픈 사람들끼리 서로의 쓰린 곳을 그저 한번 핥아"준 행위에서 시작되었다. "사랑 뒤에 그저 한 마리 슬픈 동물이 되어"버린 '0번 아줌마'는 어른이면서 '생활'을 망각한 것이다. 여기에 대한 세간의 복수는 냉혹하다. "사랑이야 저 혼자 하면 되지 애는 왜 싸질러놔. 살림은 왜 때려치워?"

어미를 쫓아내는 둘째딸에 의하면, 어른이 아니어서 마음대로 할 수 없는 것이 '생활'이다. 이 '생활'의 논리를 터득하기 위해 '까라마조프가의 딸들'은 어른이 될 때까지 영등포 시장에서 펼쳐지는 비정한 삶을 견뎌야 한다. 어쩌면 '까라마조프가의 딸들'은 이 집에서 쫓겨나지 않고 살아남기 위해, 어른이 될 때까지만이라도 어떻게든 여기 이 '까라마조프가'에서 버텨내기 위해, '생활'을 망각한 어미를 쫓아내고 있는지도 모른다. 아직 스스로의 '생활'을 책임질 수 있는 어른이 되지 못했기에…….

이렇듯 '까라마조프가의 딸'들에게 '생활'의 현장인 '영등포 시장'은 '안식처이자 구속'이다. 이 시장과 그 바깥의 경계(이는 아이와 어른의 경계이기도 하다)를 동시에 응시하며 상처 난 현실의 실체를 정면에서 응전하려는 자세야말로 「까라마조프가의 딸들」의 성장 서사가 뿜어내는 '아우라'다.

41 이혜경의 「피아간彼我間」

"옷 아래로 덩두렷이 부푼 배가 생명을 담고 오는 배(船)가 아니라
거짓말로 쌓아올린 봉분이라는 생각에 주르륵 눈물을 흘렸다"

거짓임신 기간 동안, 우주 어딘가를 떠돌다 열 달 동안 감싸였던 자궁을
떠나 아기의 몸으로 자기에게 올 영혼을 생각하면 형체 막연한 슬픔이 촘
촘한 밀도로 경은을 감아들었다. 슬픔은 어느 결에 경은의 살갗으로 스며
들어 심장을 조였다. 어떻게도 해석이 가능한 태몽을 지어내며, 축하인사
를 받으며, 위장용 복대를 두르며 경은은 중얼거렸다. 아가, 미안하다. 아
가를 환하게, 하늘이 내려준 선물처럼 맞아들이지 못하고, 거짓으로 그늘
진 뒷문을 통해 개구멍받이로 받아들이는 게 미안했다. 마음속에 고인 말
은 줄기부터 흐물흐물 썩어들어 물비린내를 풍기기 시작했다. 제 안의 괴
사壞死를 지켜보며 경은은 자주 울었다. 아기를 품고 키워 젖 한번 못 물리
고 떠나보낼 생모를 생각하며 울고, 임신기간 동안 늘어나 탄력이 줄어들

었을 그녀의 배를 떠올리며 울고, 내 핏줄 아니면 돌아보지도 않으려 하는 차가운 세상에 던져질 아기를 생각하며 울고, 끝내 공개입양을 고집하지 못한 채 천연덕스럽게 거짓말을 꾸며대며 유폐하는 자신 때문에 울고, 아버지가 수술한 뒤로는 죽음 앞둔 아버지의 고독을 어림하며 울었다. 옷 아래로 덩두렷이 부푼 배가 생명을 담고 오는 배[船]가 아니라 거짓말로 쌓아 올린 봉분이라는 생각에 주르륵 눈물을 흘렸다. 이것저것 물어올 동네 주부들이 돌아다니지 않을 시간을 틈타, 집에서 멀리 떨어진 쇼핑센터에서 아기의 배내옷이며 속싸개, 분첩이며 면봉 같은 자잘한 물품을 장만할 때의 그 아기자기함에도 습기는 여지없이 배어들었다. 가족들은 임신우울증인 줄 알고 있었다. 무덤 속 같은 나날이었다.

무덤 속까지 짊어지고 가야 할 비밀들. 자기라는 존재에 눈뜨게 된 아이는 말간 눈으로 저의 탄생에 대해 물어볼 것이다. 엄마 엄마, 그런데 그때 말이야…… 그럴 때마다 경은은 가슴에 거짓의 벽돌을 하나씩 더 얹게 될 것이다. 기나긴 유폐의 시간, 경은은 대숲 앞의 복두쟁이처럼 위태로웠다. 어쩌다 사람을 만나게 되면, 그의 얼굴이 살랑이는 대숲처럼 보였다. 경은은 말하고 싶었다. 자신이 포태한 건 생명이 아니라 거짓이라고..

근대적 일상은 보이지 않는 손으로 스스로를 신화화하며, 소리 없이 인간에게서 꿈꿀 권리를 앗아간다. 가족은 이러한 근대적 일상을 떠받치는 가장 강력한 이데올로기다('지금 여기'의 직장인들을 아침 아홉시 이전까지 출근시키는 힘이 무엇인지 생각해 보라!). 따라서 가족이 붕괴된다면 근대적 일상에 균열이 생겨야 마땅하다. 놀라운 점은 전혀 그렇지 않다는 것이다. 가족의 울타리가 흔들려도 근대적 일상의 신화는 더욱 강고하게 자신을 확대재생산하기에 여념이 없다. 자본의 논리에 적응하지 못하는 소시민들만 절망의 나락으로 떠밀릴 뿐이다. 그렇다면 '행복하고 평화로운 가정'이라는 이데올로기는 이윤 추구의 전쟁터에서 승리한 소수가, 그렇지 못한 다수에게 강요하는 환상적 이미지라 할 수 있다.

여기 세간의 눈을 피해 아이를 입양하려는 한 엄마가 있다. 「피아간」은 거짓임신으로 아이를 입양하는 '경은'의 시선을 통해 가족 이데올로기의 안과 밖을 심문하고 있는 작품이다. "가르칠 만큼 가르쳐서 결혼시킨 칠남매, 먹고살 만큼 일군 재산, 점잖은 집안이라는 세간의 평가로도 채워지지 않은 욕망" 때문에 행복하지 않았던 아버지, "아버지가 은퇴하면서 맏이라는 이유로 모든 재산을 물려받았지만 아버지를 모시지는 않은 큰오빠", 입양 면접에서 "부모가 건강하고, 기왕이면 고학력자였으면 좋겠고, 가능하면 좋은 가정에서 자란 사람이었으면 좋겠"다고 말하는 남편. 이들의 내면은 화자의 시선을 통해 발가벗겨진다. 하지만 여기서 끝나지 않는다. 화자 또한 "거짓으로 그늘진 뒷문을 통해 개구멍받이"로 아기를 입양하려는, 이들과 크게 다를 바 없는 존재이기 때문이다. "마음에 있지만 차마 꺼내지 못"하던 말과 행동을 그들이 대신 표출해 준 것일 뿐이다. 다만, 화자는 "내 새끼와 남의 새끼를 구분하는, 내 핏줄과 남의 핏줄을 구분하는 것, 그게 목숨이구나. 그러나 정녕 그것밖에 안 되는 걸까"라고 마음속으로 곱씹어 볼 따름이다.

근대적 가족 이데올로기를 전면적으로 거부하지도 그렇다고 온전히 수용하기도 힘든 근대인들이 할 수 있는 일이란, 이렇게 되뇌며 "내 핏줄 아니면 돌아보지도 않으려 하는 차가운 세상에 던져질 아기"들을 위해 울어 줄밖에……. 나와 타자 사이彼我間를 심문하는 이러한 눈물이야말로 메마른 근대적 일상을 조금씩 적시는 단비가 아닐까?

42 이인화의 「시인의 별」

"한순간에 일어났지만 『시경』의 시들이 영원으로 봉인해 버린 사랑의 메아리. 부부의 다정한 눈동자에서 태어나 모든 살아 있는 것과 하나가 되는 사랑과 덕. 공자께서 돌아가시고 미언微言이 끊어진 뒤 모든 시인들이 그려 왔던 그 심원하고 아득한 길이 갑자기 안현의 눈앞에 열리는 듯했다."

해가 바뀐 정월의 어느 날, 아수친이 그토록 고대하던 우랑카이의 성인식이 치러졌다. 지다이 가문은 상하가 감격하여 큰 잔치를 벌였다. 며칠째 천막에 틀어박혀 잠을 이루지 못하던 안현은 집안 사람들이 자꾸 권하는 잔칫술을 마시고 쓰러져 혼곤한 잠에 빠져들었다.

꿈에 안현은 만리 산천을 넘어 고려 땅을 찾아갔다. 물가는 늦여름으로 연꽃 향기 가득하고 밭은 초가을이어서 보리 빛깔이 밝았다. 바람이 불어 물결이 찰랑찰랑 연잎에 부딪칠 때 누군가가 손뼉을 치며 안현을 불렀다.

아, 그곳에는 천진하고 아름답던 젊은 날의 아내가 장인 장모와 함께, 어머니와 함께 있었다. 평화와 선량함이 가득한 그들의 미소 옆에는 한 번도 본 적이 없는 아버지의 얼굴마저 어른거렸다.

안 서방 어서어서 연밥이나 따세나…… 장인은 웃고 아내는 달려와 자신의 팔을 끌었다. 꿈을 꾸면서 안현은 이것이 꿈이라고 느꼈다. 그러자 형언할 수 없는 충격이 안현을 스치고 지나갔다. 이것은 십여 년의 일이었지만 동시에 백 년 전의 일이었고 천 년 전이 일이었다. 아니, 수만 년 전부터 언제나 있어 왔던 일이었다. 빛과 향기로 엮어진 듯 사랑스런 아내의 눈길을 마주보자 세속에서의 삶은 죽어 버리고 시간은 흐름을 멈추었다.

한순간에 일어났지만 『시경』의 시들이 영원으로 봉인해 버린 사랑의 메아리. 부부의 다정한 눈동자에서 태어나 모든 살아 있는 것과 하나가 되는 사랑과 덕. 공자께서 돌아가시고 미언微言이 끊어진 뒤 모든 시인들이 그려 왔던 그 심원하고 아득한 길이 갑자기 안현의 눈앞에 열리는 듯했다.

안현은 땀에 흠뻑 젖어 잠에서 깨어났다. 비틀거리며 천막을 나서자 홀연 머리 위에 눈부시게 밝은 세계가 그의 시계視界를 가득 채웠다. 그것은 칠흑같이 어두운 밤하늘에 하얀 불꽃처럼 타오르는 별들이었다. 안현은 두 팔을 벌리고 찬 공기를 들이마시며 그 별빛을 껴안았다. 오래 전에 잊어버린 그의 별, 멀고 외로운 젊은 날의 별이 다시 보였다.

안현은 감격에 겨워 눈물을 흘렸다. 황야는 세상 끝까지 뻗어 가지만 그 위에는 억만 년 저런 별이 빛나고 있다……. 그러나 그때 북풍이 말로 표현할 수 없을 만큼 거대한 맹수처럼 웅웅대면서 질주해 왔다. 안현은 일순 이승과 저승의 경계에 선 듯했다. 지평선의 끝에서 끝까지 세계는 온통 모래들의 우수에 찬 외침, 휘어져 신음하는 나무들의 울음, 흩날리는 티끌과 지푸라기들의 슬픔으로 가득 찼다. 안현은 두려움을 떨쳐 버리려는 듯 고개를 저었다. 몸서리를 치며 머리를 감싸쥐었다.

그는 자신의 볼품없는 거처로 돌아가지 않았다. 그 대신 황야에 쫓기듯 아수친의 거처로 걸어갔다. 그날 밤 아수친의 천막에서 정확히 어떤 말다툼이 있었는지는 상상하기 어렵다. 먼동이 틀 무렵 아수친의 비명소리를 듣고 달려간 경비들은 피 묻은 칼을 쥐고 있는 안현을 현장에서 체포했다.

❀

인간이 꿈꾸는 유토피아와 일상 세계의 현실은 일치하지 않는다. 인간은 신의 명령을 어기고 금단의 과일을 범했으며, 바벨탑을 지어 신의 권위에 도전했다. 이인화는 이러한 신과 인간 사이의 불화를 '유목의 상상력'을 통해 메우려 한다. 그의 소설이 이상과 현실, 신성과 세속, 과거와 현재를 매개하는 대화의 장으로 읽히는 이유도 여기에 있다. 신화가 되어버린 몽골의 꿈이 오늘날의 현실과 만나는 접점 또한 여기이며, 이러한 몽골과 문명의 만남은 새로운 미래의 청사진을 그리는 밑그림 하나를 시사한다. '유목의 상상력'은 정착 문명에 대한 타자이자 일상의 현실에서 벗어나려는 해방정신의 발로이기도 하기 때문이다.

이인화의 소설에서 '몽골의 초원/황야'는 살아 숨 쉬는 생명체다. 거기에서 발원하는 기운이 '작가/인물'의 삶과 교감하면서 역동적 향기를 발산한다. 이 향기는 인물과 인물, 풍경과 풍경, 인물과 풍경을 매개한다. 그리하여 그의 작품을 읽고 있노라면 몽골의 풍경과 제각각의 인물 형상이 '소통 혹은 길항'하며 서로의 결절점結節點을 응시하는 황홀한 순간을 만나게 된다. 몽골의 풍경은 화자의 의식 속으로 환원, 내면화됨으로써 되살아나며, 이에 반응하는 인물도 몽골과 함께 되살아나는 경지. 그의 소설에서 몽골은 초월적이면서 현실적이고, 허구적이면서 사실적이기도 하다. 이 초월과 현실, 허구와 사실이 만나는 지점에 몽골과의 황홀한 감응이 일어난다.

아내를 찾아 몽골의 황야를 헤매던 안현은 마침내 아내를 만난다. 그러나 아내는 이미 다른 남자의 여자가 되어 있다. 몽골의 황야를 사이에 두고 안현과 아수친(아내)은 '영원'처럼 맞서 있다. 이 절대적 거리감은 '채련의 꿈'을 통해 순간적으로 해소된다. 이 순간, "몰인정과 비정과 무책임"의 황야는 "『시경』의 시들이 영원으로 봉인해버린 사랑의 메아리"를 연주하기 시작한다. "모든 시인들이 그려 왔던 그 심원하고 아득한 길"이 열리고 안현은 오랫동안 잊어버린 그 길로 인도하는 별빛을 껴안는다. 이러한 순간적 감응은 가혹한 현실의 억압적 잔영과 이를 일탈하는 황홀한 초월성의 흔적이 겹쳐지는 장면에서 발원한다. 세속과 초월을 포괄하면서 동시에 두 유형 모두에 해당하지 않는 지점. 이 지점이야말로 삶과 죽음, 과거와 현재, 이상과 현실, 무한과 유한, 내면과 풍경, 신화(설화)와 소설의 경계에 선 순간이며, 이들을 가로지르는 미학적 긴장의 떨림이 표출되는 공간이다. "작고 초라하고 슬프고 허무했"던 생은 이러한 떨림을 통해 "한 점의 보랏빛" "모리니호롤(말입술꽃)"(「말입술꽃」)로 응축되어 연기보다 가볍게 하늘로 흩어진다.

이인화의 작품에서 드러나는 비극적 아름다움은 이 응축의 향기가 비상하는 가벼움 때문에 한층 선명해진다. 독자는 작가가 수놓은 이 찬란한 응축의 여백을 따라 이곳에서 저곳으로 종횡무진 떠돌아 옮겨 다니며, 종국에는 초원의 향기에 중독된다.

초원의 향기는 고려와 몽골, 과거와 현재, 세속과 신성, 삶과 죽음이 포개지는 지점에서 나온다. 이러한 접점에 대한 응시는 이질적인 이미지를 뒤섞어 유동적인 공간을 전경화함으로써 선형적 서사 구조를 응축시킨다.

이 응축이 '순간'에 '영원'을 각인하는 이인화 소설의 연금술이다.

유목민의 삶은 총체적이고 안정된 플롯을 요구하는 정착민의 삶을 넘어 유동적이고 개방적인 서사를 요구한다. 이 유목민과 정착민의 삶이 겹치고 갈라지는 지점을 응시하는 이인화의 소설은 문명과 자연, 정착과 유목, 과거와 현재 그리고 미래를 가로지르며 서사의 운명을 개방한다. 정착은 유목을 끌어당기고, 유목은 정착에 이르지 못하고 끊임없이 미끄러진다. 이 정착과 유목의 '응축 혹은 길항'이야말로 이인화 소설의 정수精髓다.

43 김탁환의 「진눈깨비」

"땅과 바람과 구름은 읽는 게 아냐. 만나는 거지."

반년 넘게 내 안에 잠자던 목소리가 들려왔다. 달려. 달리는 거야. 내 삶을 좁은 방에 가둔 목소리가 밀려들었다. 저 계집앤 널 죽이려는 거야. 평생 숭숭 이파리로 살고 싶니? 다시 깨어난 목소리가 받아쳤다. 넌 벌써 많은 걸 잃었잖아? 쿵쿵쿵쿵 울리는 땅, 휘휘휘휘 흔들리는 바람, 양 떼도 되고 검은 용도 되는 구름. 이제 넌 그것들을 책으로만 읽지. 땅과 바람과 구름은 읽는 게 아냐. 만나는 거지. 내가 물었다. 어떻게 만나? 목소리가 구석으로 나를 몰아세웠다. 몰라? 정말 다 잊은 거니? 그 순간 숙이 내 어깨를 쳤다.

"따라와. 어서!"

나는 왼 무릎을 한껏 오므렸다가 폈다. 다름엔 오른발을 왼발 앞으로 내디뎠다. 두 팔을 번갈아 휘저으니 턱이 들렸다. 진눈깨비는 어느새 차가운

비로 바뀌었다. 눈과 코와 귀와 입으로 빗방울이 들이쳤다. 어느새 숙을 따라잡았다. 반년이나 쉬었지만 내 몸은 이 즐거운 놀이를 잊지 않았다. 손과 발과 등과 가슴과 머리는 어떻게 서로를 배려하고 언제 경쟁하면서 어우러져야 가장 빨리 달릴 수 있는지 알았다. 곧게 뻗은 트랙을 확인하고는 눈까지 감아버렸다.

창원의 벗들 대부분도 이 '눈감기'를 즐겼다. 처음에는 풍경이 말을 걸지만 한참 달리다 보면 내 몸속에서 목소리가 났다. 눈을 감으면 몸들이 내는 소리가 더 잘 들렸다. 갸르르 허파는 부풀어 올랐고, 규구를르 위는 높은 음과 낮은 음을 번갈아 냈으며, 흐흐흐흐흡 간은 나쁜 기운을 빨아들이느라 16분 음표들을 연달아 이었고, 우웅 대장은 긴 침묵 사이에서 드물게 울렸다. 특히 나는 발바닥을 아홉 등분하여 각각의 떨림을 어둠 속 흑판에 새겨두기를 즐겼다. 모랫길을 달리다가 자갈길로 바뀌거나 어젯밤 노루가 지나가는 바람에 움푹 파인 흙길을 밟을 때, 발바닥은 진저리를 치며 미세한 차이에 적응하느라 바빴다. 아홉 등분한 발바닥 중 어디에 힘이 실리는가에 따라 신체 각 부위의 움직임이 달라졌다. 일이삼 일이삼 일이삼. 발바닥 앞쪽이 반복해서 신호를 보내왔다. 미친개처럼 달려라, 달려! 숙도 지지 않으려고 더욱 힘을 냈다. 그러나 곧 나는 그녀와 걸음을 나란히 했고 팔을 뻗어 어깨동무를 했다. 숙은 고개를 숙여 앞머리로 내 가슴팍을 황소처럼 들이받을 듯이 덤볐다. 나는 숙을 안고 맴을 돌았다. 달리면서 웃고 웃으면서 달렸다. 운동장을 달리기 위해 나를 찾아온 것처럼 숙은 아무 말도 없었다.

❄

김탁환의 「진눈깨비」에는 서사(이야기)와 서정(시) 사이를 넘나드는 작가의 섬세한 내면 풍경이 아로새겨져 있다.

먼저, 이야기의 세계를 살펴보자. 화자에게 이야기의 세계는 "들판을 힘차게 달리는 나"와 "달리는 아이들을 텅 빈 교실에서 우두커니 바라보는 나" 사이에 위치한다. 폐결핵에 걸려 "축구선수, 사냥꾼, 마라토너" 등의 꿈을 접을 수밖에 없었던 "열세 살" 이후, 화자는 "주인공들이 달리고 달리고 또 달리는 이야기"의 세계로 빠져든다. "읽고 읽고 또 읽다가 지치면 공책 뒷장에 이야기를 짓기도" 한다. 이 이야기를 어머니에게 들려준다. 이야기의 주인공들처럼 모험을 떠나고 싶다고 할 때면, 어머니는 늘 "다 나으면 맘대로 하렴!" 하고 응답한다. 이렇듯, 화자에게 이야기는 현실적인 조건(폐결핵) 때문에 실현하지 못한 '꿈'을 대리 충족하는 기제다.

이러한 이야기의 세계는 첫 사랑 '숙'을 통해 시의 세계와 만난다. 어느 날 갑자기 '숙'이 찾아온다. 화자는 '숙'을 자신의 "이야기를 들어줄 두 번째 사람"으로 정한다. 그런데 숙은 "하품"을 하며 "여긴 좀 갑갑하거든", "나가자!"고 말한다. '숙'과 화자는 이야기의 세계를 박차고 운동장을 달린다.

이야기의 세계를 뚫고 분출되는 내면의 목소리는 위의 인용문에 잘 드러나 있다. "땅과 바람과 구름은 읽는 게 아냐. 만나는 거지". "반년 넘게" 잠자던 내면의 목소리와 함께, '숙'은 몸의 목소리를 일깨운다. 잠시 몸의 움직임에 귀 기울여보자.

내친 김에 조금만 더 소설 속으로 자맥질해보자. 아버지의 죽음은 화자를 다시 소설의 세계로 이끈다. 물론 이야기와 소설 사이에는 짧은 시의 세계가 있었다. '숙'을 통해 회복된 시의 세계는, 폐결핵을 퇴치한 화자에게 '달리는' 꿈을 되찾게 한 것이다. '랭보'를 최고로 치던, "시인과 광인의 차이를 고민할 때"다. 하지만 가장의 죽음은 모든 것을 바꾸어놓는다. 화자는 대학(2지망으로 끼적거린 국어국문학과다)을 졸업하고 군에 다녀와서 결혼을 하고 직장을 잡는다. 그러다가 스물여덟 살에 시인이 아닌 소설가로 나선다. 건강(폐결핵) 때문에 이야기의 세계로 빠져들었다면, 이젠 삶의 무게 때문에 소설의 세계로 진입하는 것이다.

이렇듯, 이야기와 소설은 생활(삶)의 무게를 견디며 꿈을 추구하는 화자의 내면을 표출한다. "치명적인 찰나를 발견하기 위해 뛰고 구르고 때론 창공을 날아"오르는 격정의 세계라기보다는, "느리게 한없이 느리게, 결핵 환자처럼 조심조심 바람의 세기와 햇빛의 양까지 살피며 걸어가"는 산문의 세계다. 최선이 아닌 차선의 선택이다.

그리고 서른둘이 되었을 때, '숙'은 "14년을 단숨에 접으며" 소설가가 된 화자를 방문한다. '숙'은 늘 시적인 세계를 환기한다. "머리보다 가슴이 먼저 슬픔에 빠져들 때"나 "혀가 단어를 만들기도 전에 목구멍에서 어떤 고통과 슬픔과 분노가 치밀어 올라 짐승 울음소리를 만드는 것" 등의 이미지는 이성보다는 감정을 앞세우는 시적 세계의 표상이다. 소설가가 된 화자에게 '숙'은 언제나 넘을 수 없는 시적 장벽이다.

'숙'은 "시 대신 소설을 택한 이유가 무엇이냐고" 묻는다. 화자는 '눈'도 되고 '비'도 되는 '진눈깨비'에 비유한다. '숙'을 주인공으로 소설을 쓰더라도, 그것은 그녀의 이야기도 아니고 소설가의 이야기도 아니다. 이렇듯 소설은 자아와 세계(타자), 작가와 주인공, 삶과 죽음 사이의 거리감(가까이 더 가까이 다가서야만 빛나는 만남이 아니라 멀리 두고 무관심으로 일관하다가 문득 그리운 만남 같은 것)을 전제한다.

화자는 서른아홉의 문턱에서, 첫 장에 "To Hwan"이라 적힌 '숙'의 시집을 받는다. 제목은 "Sleet(진눈깨비)." 이 시집은 화자를 '숙'과 함께 "초등학교 운동장을 뛰었던 열세 살" 시절로 되돌린다. 화자는 "꽁꽁 언 길을 달려 집으로" 간다.

「진눈깨비」는 이 시집을 읽기 전, '최소한의 예의'를 지키기 위해 쓴 소설이다. 이는 시의 세계에 경의를 표하는 소설가의 모습이 드러난 작품이다. 소설은 늘 시의 꽁무니를 좇기 마련이다. "내가 그녀가 되고 그녀가 내가 되는 순간까지 턴, 턴, 턴 종이 위를 달"리기 전까지가 꼭 소설의 세계다. 단편소설 「진눈깨비」는 거기서 끝나야 하며, 작가는 그 지점에서 정확하게 멈춘다. 이 작품에는 시적 삶을 지향하지만, 그럴 수 없는 작가의 자의식이 돌올하게 부각되어 있다.

44 김훈의 『자전거 여행』

"'숲'이라고 모국어로 발음하면 입 안에서 맑고 서늘한 바람이 인다."

'숲'이라고 모국어로 발음하면 입 안에서 맑고 서늘한 바람이 인다. 자음 'ㅅ'의 날카로움과 'ㅍ'의 서늘함이 목젖의 안쪽을 통과해 나오는 'ㅜ' 모음의 깊이와 부딪쳐서 일어나는 마음의 바람이다. 'ㅅ'과 'ㅍ'은 바람의 잠재태다. 이것이 모음에 실리면 숲 속에서는 바람이 일어나는데, 이때 'ㅅ'의 날카로움은 부드러워지고, 'ㅍ'의 서늘함은 'ㅜ' 모음 쪽으로 끌리면서 깊은 울림을 울린다.

그래서 '숲'은 늘 맑고 깊다. 숲 속에 이는 바람은 모국어 'ㅜ' 모음의 바람이다. 그 바람은 'ㅜ' 모음의 울림처럼, 사람 몸과 마음의 깊은 안쪽을 깨우고 또 재운다. '숲'은 글자 모양도 숲처럼 생겨서, 글자만 들여다보아도 숲 속에 온 것 같다. 숲은 산이나 강이나 바다보다도 훨씬 더 사람 쪽으로 가깝다. 숲은 마을의 일부라야 마땅하고, 뒷담 너머가 숲이라야 마땅하다.

김훈은 미학주의자다. 아니, 언어의 연금술사다. 그의 글은 모국어가 도달할 수 있는 산문 미학의 절정을 보여준다. 그의 글을 읽고 있노라면, '나도 글을 써서 밥벌이를 하고 있는데……'라는 안타까움과 열등감이 울컥, 밀려오곤 한다. 김훈은 신문기자 생활을 오래했다. 그의 기사를 읽으면서 '육하원칙'을 벗어나는 산문의 진수를 만끽했던 기억이 난다. 아니나 다를까, 소설가로 등단한 후 그는 『칼의 노래』로 2001년 〈동인문학상〉을, 단편소설 「화장」으로 2004년 〈이상문학상〉을 수상했다. 발표하는 작품마다 특유의 '미학성'을 인정받으며 문단 최고 권위의 문학상을 거머쥔 것이다.

김훈이 자전거를 타고 전국을 여행하며 산문집을 냈다. 자전거의 두 바퀴에 우리 땅의 풍경들을 굴려 아름다운 언어로 되살려냈다. 자동차나 버스, 기차가 아니라 '자전거'라는 사실이 김훈에게 썩 잘 어울린다. 그는 여전히 원고지와 연필을 고집하는, 물질문명 사회에서 이미 천연기념물이 되어버린 '언어의 장인'이기 때문이다. 언어를 조탁彫琢하듯, 경건한 마음으로 연필을 깎는 모습이 눈에 선하다. 연필과 원고지에 비유할 수 있는 자전거는 교통수단에 머무르지 않고 그와 한 몸이 되어 세상과 교감한다. 이러한 교감을 통해 김훈은 물질만능의 시대 몸의 의미를 되새기기도 하고, 자연과 풍경의 아름다움을 조용히 음미하기도 한다.

인용문은 우리말의 아름다움을 만끽하는 기회를 제공한다. 그가 제안하는 순서에 몸과 마음을 맡겨보자. 자, 숲이라고 발음해 보자. 자음 'ㅅ'(날카로움)과 'ㅍ'(서늘함) 음이 'ㅜ'(깊이) 모음과 화학반응을 일으켜 발생시킨, 맑고 서늘한 마음의 바람이 이는가? 특히, 'ㅜ' 모음은 'ㅅ'과 'ㅍ' 음에 내재된 바람의 잠재태를 맑고 깊은 울림으로 깨운다. 따라서 숲 속에, 당신의 마음 안쪽에 이는 바람은 모국어 'ㅜ' 모음의 바람이다.

이제, 숲이라는 글자를 들여다보자. '마을의 일부'로, '뒷담 너머'에서 고즈넉한 자태를 드러내는 '사람'의 숲이 보이는가?

숲과 바람이 인간에게 위안을 주는 방식은 여러 가지다. 김훈은 모국어의 아름다움을 매개로, 자연(숲)의 의미를 독특하게 창조하고 있다. 웬만한 강심장이 아니라면, 언어의 질감과 자연의 아름다움이 공명共鳴하는 이 김훈 식 풍경의 유혹을 떨쳐버리기 쉽지 않을 것이다.

45 윤성희의 「누군가 문을 두드리다」

"누군가 가슴속을 똑똑 하고 두드렸다. 그는 자신의 가슴을 들여다보았다. 지난 삼십 년 동안 자신이 얼마나 외로웠었는지 그는 잊고 있었다."

어디서 소곤거리는 소리가 들렸다. 그는 그 소리를 자세히 듣기 위해 두 손을 귀에 갖다 댔다. 물건들은 서로 속닥거리고 있었다. 어떤 책은 사법고시에 번번이 떨어졌던 전 주인을 그리워했다. 그는 바닥에 귀를 대 보았다. 몇 년 동안 자신을 찾아준 사람이 없었다고 가발은 슬퍼했다. 그는 가발이 있는 곳을 찾아갔다. 가발의 전 주인은 쑥스러움이 많아서 가발을 쓰고 밖엘 나가지 못했다. 그는 가발을 쓰다듬어주었다. 키가 커지는 운동기구인 '키높이'는 매장에 다섯 번째 들어왔다. 아이들은 처음 일주일만 열심히 운동을 했다. 대부분의 아이들은 저절로 키가 자랐다. 그러면 부모님들은 구석에 처박아두었던 키높이를 꺼내 팔아버렸다. 마술용품도 있었다. 마술용품의 주인은 그걸로 자신의 아이들에게 마술을 가르치곤 했다. 아버지가 마술을 부릴 때마다 아이들은 박수를 쳤다. 마술용품은 그때 얼마나 행복했는지 아직까지도 가슴이 두근거린다고 주변에 있는 물건들에게 말을 했다. 물건들이 속삭이는 소리를 듣다 그는 눈물을 흘렸다. 누군가 가슴속을 똑똑 하고 두드렸다. 그는 자신의 가슴을 들여다보았다. 지난 삼십 년 동안 자신이 얼마나 외로웠었는지 그는 잊고 있었다.

어렸을 적에, 그는 새벽이면 자주 잠에서 깨었다. 심장이 불에 그을린 것처럼 아팠다. 고등학교를 다닐 적에는 주먹을 움켜쥐는 날이 많았다. 길을 걸을 때도, 달리기를 할 때도, 심지어 수학 문제를 풀 때도 움켜쥔 주먹을 풀지 않았다. 침을 삼킬 때면 커다란 얼음을 통째로 삼킨 듯했다. 그는 자전거를 타고 옷이 땀에 젖도록 공원을 돌고 돌았다. 시청에 다닐 때보다 일은 더 쉬웠는데, 이상하게도 너무 피로해서 눈을 뜰 수 없는 날이 잦아졌다. 그는 가슴에 손을 대었다. 음악을 틀어놓은 스피커에 손을 댄 것처럼 가느다란 떨림이 느껴졌다.

윤성희의 소설은 삶의 고통을 견디는 독특한 방식을 보여준다. 그의 작품에 등장하는 인물들은 자신에게 주어진 일상을 묵묵하게 견딘다. 작가는 삶의 고통스러움(무거움)을 드라이한 문체(가벼움)로 말린다. 이 무거움과 가벼움 사이의 경계를 응시하는 시선에 의해 윤성희의 작품은 빛을 발한다. 그의 작품에 등장하는 인물들은 한결같이 고독하다. 이 고독은 그의 작품에 독특한 문양을 새겨 넣고 있는데, 거의가 가족 관계의 단절에 의해 발생한다.

윤성희의 작품에 드러나는 가족의 상실로 인한 고통은, 삶의 고통과 본질에 대한 깊이 있는 천착을 가능하게 함과 동시에 우리 시대의 황폐한 삶을 생생하게 재현하고 있다. 소설의 인물들은 나지막한 목소리를 낸다. 이들은 자신의 고통을 과장하지 않으며, 스스로에게 닥친 불행을 회피하지도 않는다. 그냥 묵묵하게 견딘다. 그러면 이렇게 견디는 힘은 어디에서 오는 것일까? 그들은 한결같이 쿨하다. 어머니의 죽음도, 아버지의 떠남도, 구질구질한 일상도 그저 담담하게 받아들인다. 이러한 담담함이 그의 소설이 지닌 역설적 새로움이다. 작가가 굳이 강요하고 있지 않음에도, 담담함은 쿨함을 타고 넘는다. 쿨함 속에 희미하게 보이는 교감/소통에 대한 열망이라든지, 서로의 차이를 인정하는 느슨한 연대감(공동체 의식) 등을 발견하는 즐거움은 소설 읽기의 재미를 배가시킨다.

삶의 고통을 담담하게 받아들이고 나자, 삶에 대한 막연한 희망이 사라져버렸다고나 할까. 그러나 이 무덤덤한 태도 속에 삶에 대한 따스한 연민의 시선이 녹아 있다. 이는 윤성희 소설이 우리 시대의 고통을 외면하고 있지 않음을 보여준다.

「누군가 문을 두드리다」의 화자는 중고품 전문점 "숨쉬는 물건들"을 통해 사물들의 목소리를 듣는다. 이는 사물들에 깃든 상처를 보듬어 안는 행위로 대변되는데, 낮은 목소리를 통해 가느다란 희망을 끌어안는 계기가 된다.

인용문의 과정을 거쳐 사물들에 얽힌 상처/사연들이 화자의 '가슴'으로 스며든다. 이어 화자의 가슴속에 숨어 있던 그림자/상처가 밖으로 나와 그 흉터들과 어울린다. 소아마비를 앓던 아이가 여덟 살이 되던 해 생일선물로 받은 인라인스케이트가 이러한 과정을 거쳐(화자는 그 물건을 사서 자전거 옆에 놓고 대여한다) 건강한 아이의 몸을 빌려 공원을 누빈다.

이렇듯 윤성희의 소설은 근대적 일상 속에 묻혀버린 소외된 인물들의 내밀한 고통을 차분하고 낮은 목소리로 포착하여 위무한다. 서로의 고통이 유폐된 내면의 영역을 넘어 타자에게 스며드는 잔잔한 풍경은 차분하지만 강렬한 여운을 남긴다.

46 김애란의 「달려라, 아비」

"아버지는 자신이 잘못하고도 다른 사람이 미안한 마음이 들게 하는 진짜 나쁜 사람이었을지도 모른다."

아버지는 어머니를 위해 한 번도 뛴 적이 없었다고 한다. 아버지는 어머니가 헤어지자고 했을 때도, 보고 싶다고 했을 때도, 나를 낳았을 때도 뛰어오지 않은 사람이었다. 사람들은 아버지를 양반이라고 불렀지만 어머니는 아버지를 바보라고 생각했다. 만일 어머니가 아버지를 오늘까지만 기다리겠다고 마음먹었다면, 아버지는 항상 그 다음 날 오는 사람이었다. 아버지는 늦게 왔지만, 수척해진 모습으로 나타났다. 어머니는 이 주눅 든 지각생의 눈빛 때문에 항상 먼저 농담을 건네던 여자였다. 아버지는 변명을 하지도, 큰소리를 치지도 않았다. 그저 마른 입술과 새까매진 얼굴을 가지고 '왔을' 뿐이다. 상상하건대, 어쩌면 아버지는 거절을 두려워하는 사람이었는지도 모른다. 미안해서 못 오는 사람, 미안해서 자꾸 더 미안해해야 되는 상황을 만드는 사람. 나중에는 정말 미안해진 나머지, 못난 사람보다는 나쁜 사람이 되겠다고 결심한 사람. 하지만 나는 아버지가 나쁜 사람이고 싶었을 만큼 착한 사람이 아니었을 거라고 생각한다. 아버지는 자신이 잘못하고도 다른 사람이 미안한 마음이 들게 하는 진짜 나쁜 사람이었을지도 모른다. 나는 지금도 세상에서 가장 나쁜 사람은, 나쁘면서 불쌍하기까지 한 사람이라고 생각한다. 그러나 나는 아버지가 어떤 사람이었는지 알 수 없다. 아버지가 남기고 간 것은 몇몇 사실들뿐이다. 사실만큼 그 사람을 잘 말해주는 것이 없다면, 아버지는 분명 나쁜 사람이지만, 그게 아니라면 아버지는 내가 아직 모르는 사람이다. 아무튼 중요한 것은 그렇게 느렸던 아버지가 단 한 번, 세상에 온힘을 다해 뛴 적이 있었다는 것이다. 그것은 아버지가 돈을 벌겠다고 상경한 지 몇 달 되지 않았을 때의 일이다.

❀

화자에겐 아버지가 없다. 아버지는 "어머니의 부풀어 오르는 배를 보고 얼굴이 점점 하얘지다가", 화자가 태어나기 전날 집을 나가 다시는 돌아오지 않았다. 하지만 아버지는 딸의 '상상' 속에서 계속 뛰고 있다.

한편, 어머니는 '농담'으로 화자를 키웠다. 그래서 화자에게 아버지는 금기의 대상이 아니었다. 이를테면, 다음과 같은 식이다. 아버지에 대해 묻는 딸에게, 어머니는 "내가 느이 아버지 얘기 몇 번이나 해준 거 알아 몰라?"라고 쏘아붙인다. 화자는 주눅이 들어 "알지……"라고 대답한다. 그러면 어머니는 시큰둥하게 "알지는 털 없는 자지가 알지고"라며 혼자서 마구 웃어댄다.

이렇듯, 어머니가 화자에게 물려준 가장 큰 유산은 자신을 연민하지 않는 법이었다. 어머니는 아버지 없는 딸에게 미안한 마음을 내색하지 않았고, 그렇다고 딸을 가여워하지도 않았다. 화자가 보기에, 어머니는 아버지를 붙잡는 대신 아버지보다 더 빨리 달리는 것(농담)으로 복수하고 있는 듯하다.

그러던 어느 날 아버지의 죽음을 알리는 항공우편이 배달된다. 뛰고 있다는 화자의 상상과 달리, 아버지는 미국에서 구차한 삶을 살았다. 무능 때문에 이혼당하고, 위자료 줄 돈이 없어 재혼한 부인의 정원 잔디를 깎으며, "점점 없는 사람"이 되어갔던 아버지는, 부인의 새 남편과 다툼 끝에, 잔디 깎이 기계를 몰고 도망치다 도로에서 죽었다.

이러한 소식을 듣고도 화자는 여전히 아버지가 화자의 머릿속을 뛰어다니고 있다고 '상상'한다. 그가 아버지를 계속 뛰게 만드는 이유는, 아버지가 달리기를 멈추는 순간, 아버지에게 달려가 죽여버리게 되지는 않을까 두려워서다. 결국 용서할 수 없어 달리는 아버지를 '상상'한 것이다.

어머니의 '농담'과 화자의 '상상'은, 인생의 '서러움'이 자신들을 속이기 전에 남편과 아버지의 부재를 잊기 위한 삶의 지혜인 셈이다.

이렇듯, 김애란의 「달려라, 아비」는 아내와 자식을 내팽개치고 도망친 무책임한 아버지에 대한 '농담'이자 '상상'이다.

작가는 어머니를 관찰하는 화자의 시선을 통해 '농담'과 '상상'을 희미하게 감싸는 '서러움'의 실루엣을 살짝 들춘다. 남편의 부고訃告를 듣고 "울 것 같은 표정"으로 편지지를 곱게 매만지는 어머니를 보며, "한 번도 울어본 적 없는" "농담 잘하고 씩씩"한 어머니의 "성대가 부어 있을 거라는 생각"을 한다. 그리고 술과 담배 냄새를 풍기며 들어온 어머니가, 죽은 아버지에 대한 원망도 무엇도 없는 낮은 목소리로 뱉은, "잘 썩고 있을까?"라는 말에서 아버지에 대한 어머니의 마음을 읽어낸다.

화자 또한 그동안 아버지가 눈부신 땡볕 아래서 뛰고 있었다는 '상상'을 떠올리며, "썬글라스"를 씌워준다. "아버지가 비록 세상에서 가장 시시하고 초라한 사람이라고 할지라도—그런 사람도 다른 사람들이 아픈 것은 같이 아프고, 다른 사람들이 좋아하는 것은 같이 좋아할 수 있다는 생각"을 하며.

　‘농담’과 ‘상상’ 너머에서 수줍게 모습을 드러내는 이러한 삶의 ‘속살’이
야말로 문학의 마르지 않는 젖줄이 아닐까.

47 이기호의 「할머니 이젠 걱정 마세요」

"야야! 가란다고 증말 가면 어쩌냐! 얼른 일루 안 와! 아, 얼른!"

나는 예전처럼, 허리를 더 동그랗게 말며 이불 깊숙이 파고들었을 뿐이었다. 그리고 그 안에서…… 나는 내 안에 있는 어떤 다른 이의 목소리를 들었다. 그것은 내 목소리이기도 했지만, 또 한편 할머니의 목소리이기도 했고, 화로와 벽장과 요강이 내는 소리이기도 했다.

"갈 데가 없어요, 이모…… 아저씨들이, 동네 아저씨들이, 엄마와 누이들을 다 잡아갔어요……"

그것은 분명 내 입에서 흘러나오는 목소리는 아니었다. 그러나 할머니는 그 들리지 않는 목소리에 대고 낮고, 화난 목소리로 대꾸했다.

"야가, 가라니까 왜 이리 안 가고 장승처럼 부티고 있어? 아, 어여 가라니까!"

"이모, 저 좀 숨겨줘요…… 아저씨들이 엄니랑 누이들이랑 다 산으로 끌고 갔대요…… 동무들이 다 봤대요…… 인제 저 잡으러 온대요."

"야야…… 네가 여기 있으면, 인제 네 사촌형도 죽고, 네 이모부도 죽고, 내두 죽는 거야…… 그러니, 어여 가…… 아, 회초리 치기 전에 얼른!"

그러나 나는 그쯤에서 할머니를 말려야 하지 않을까, 고민을 해야만 했다. 그것이 아무리 할머니의 이야기라 하더라도, 그 안에선 할머니도, 덕용이 아저씨도, 아무도 위로받지 못할 거란 생각이 들었기 때문이었다.

(중략)

"야야! 가란다고 증말 가면 어쩌냐! 얼른 일루 안 와! 아, 얼른!"

할머니는 이불 위에 앉아 다급한 손짓으로 내가 서 있는 반대편 벽을 보며 그렇게 소리쳤다. 두리번두리번 어두운 방 안을 살펴보기도 했다. 나는 그런 할머니를 가만히 바라보고 있다가, 다시 무릎걸음으로 할머니 곁에 다가가 앉았다. 그리고…… 그곳에서, 어두운 벽 구석에 쪼그려 앉아 있는, 잔뜩 겁에 질린 한 아이를 보았다. 빡빡 깎은 머리에, 이곳저곳 '땜통'이 나 있는, 채 아홉 살도 안 돼 보이는 아이를…… 나는 그 아이가 누구인지 금세 알아차릴 수 있었다……

"거 가면 어쩌려고 글루 가! 어린 것이 겁두 없이……"

이기호의 소설은 다양한 형식 실험을 통해 근대 서사의 영역을 자유롭게 넘나들면서도, 근대의 비루한 일상에 한 발을 걸치고 있다. 글쓰기에 대한 자의식과 소외된 존재의 삶이 교차하는 지점에서 「할머니, 이젠 걱정 마세요」와 같은 작품이 솟아난다. 이 작품은 현실과 환상, 현재와 과거를 넘나들기 위해 극화의 형식을 차용하고 있다. 할머니의 이야기와 화자의 이야기가 "육이오 동란" 때 희생된 할머니의 조카 '덕용'이를 통해 포개진다. 이야기 도중, 과거의 장면이 마치 연극의 무대처럼 재현되기도 하고, 화자가 '덕용이 아저씨'가 되어 연기를 하기도 한다. 할머니는 한국전쟁 때 형부가 좌익 우두머리가 되어 동네에 나타났다가 전세가 역전되어 언니와 조카들이 모두 몰살당한 이야기, 그리고 조카들 중 한 명이 숨겨달라고 찾아왔는데 그 어린 것을 그냥 모른 척해버린 이야기를, 반복해서 들려준다. 이유는 간단했다. 작년부터 몹쓸 병에 걸려버렸고, 그래서 누군가에게 빨리 그 이야기를 들려주고 싶었던 것이다. 평생 맺힌 한을 풀고 저세상으로 가야 했기 때문이다. 이러한 할머니의 이야기를 들었으니, 명색이 소설가인 화자도 자신의 이야기를 들려주기로 결심한다. 이모들이 자신을 밤낮으로 찾아온다는 이야기였다. 할머니는 숨겨주지 못한 조카 '덕용'이가 화자를 닮아 이모들이 찾아온다고 말한다. 이를 통해 할머니의 이야기와 화자의 이야기, 화자와 덕용이 아저씨가 포개진다.

화자는 '덕용'이가 되어, 덕용이 아저씨와 할머니의 한을 풀어주기로 작정한다. 인용문은 할머니의 이야기 속에서 과거의 상황이 재현되는 장면이다. 화자는 긴장한다. 자칫하다간 할머니도, 덕용이 아저씨도, 아무도 위로받지 못하고 상처만 받지 않을까 두려웠기 때문이다. 고민 끝에 할머니를 현재로 모셔오는 것이 좋다고 생각한다. 스위치를 올리려는 순간, 할머니는 버럭 소리를 지른다.

"야아! 가란다고 증말 가면 어쩌냐! 얼른 일루 안 와! 아, 얼른!"

이렇게 할머니는 맺힌 응어리를 풀어낸다. 여기에서 이야기(소설)는 주술적 힘을 얻는다. 지난 과거의 상처를 직시하고, 그때 미처 하지 못한 말을 발설하게 함으로써 맺힌 한을 푸는 굿의 역할을 하기 때문이다.

우리의 비극적 역사가 매개된, 혹은 현실에 발 디디고 선 형식 실험이라 할 수 있다. 이야기와 소설이, 혹은 전근대와 근대가 만나 새로운 영역을 개척하는 순간이기도 하다. 이기호 소설의 가능성은 여기에서 빛을 발한다.

48 방현석의 「존재의 형식」

“우리는 우리 세대가 해야 할 일을 끝냈을 뿐이지요. 다음 세대에게
는 또 다음 세대가 해결해야 할 일이 기다리고 있지요.”

“우리가 원했던 것은 대단한 것이 아니었어요. 굶주리지 않고, 외국의 군
대가 베트남의 사람과 대지를 유린하지 않는 세상을 바랐을 뿐이에
요……”

레지투이는 말을 멈추고 문태의 눈길을 따라 주변을 둘러보았다. 복권을
팔러 온 소녀와 한치, 뻥튀기를 팔러 온 아주머니, 코코넛을 팔러 온 사내
가 자기들의 일을 잊어버린 채 통역을 사이에 두고 벌어지는 대화를 신기
한 듯 구경하고 서 있었다. 레지투이가 입을 다물고 있는 사이에 맨발의 소
녀는 문태에게 복권을 사라고 권했다.

“이렇게 살기 위해서 싸운 건 아니잖아요?”

문태의 시선은 복권을 내민 소녀의 새까만 손등에 머무르고 있었다. 재

우가 통역을 하지 않았지만 레지투이는 문태의 물음에 대답했다.

"우리는 우리 세대가 해야 할 일을 끝냈을 뿐이지요. 다음 세대에게는 또 다음 세대가 해결해야 할 일이 기다리고 있지요. 우리가 다 해버리면 다음 세대는 뭘 하고 살겠어요? 어떤 세대도 다음 세대가 할 일을 미리 할 수는 없지 않을까……"

(중략)

"우리는 공산주의를 위해서 싸운 것이 아니고 공산주의를 살았어요. 자본주의가 지배하는 남쪽에서 우리는 십 년을 싸웠지만, 최소한 그 십 년 동안 나와 내 친구들은 공산주의의 삶을 살았어요. 자기가 살지 않은 것을 남에게 요구할 수 있겠어요? 나의 삶을 지탱해 온 것은 거창한 이념이 아니라 어머니가 우리 형제들을 기르면서 가르쳐준 사소한 것들이었어요. 내가 군대에 지원해서 전쟁터로 떠나던 날 어머니는 말했어요. '아들아, 그 모든 사람들로부터 좋은 말을 들을 수는 없다. 사람들이 너를 미워하고 욕할 수는 있다. 그것은 어쩔 수 없다. 그러나 누구한테서도 경멸받을 삶을 살아서는 안 된다.' 어머니의 그 말이 지금도 내 머릿속에 남아 있지요."

베트남의 한 시인이 있다. 베트남전쟁 당시, 그와 함께 입대했던 300명의 부대원들 중, 전쟁이 끝날 때까지 살아남은 사람은 오직 다섯 명뿐이다. 전쟁이 계속된 10년 동안 그의 동료 295명이 죽었고, 그는 살아남은 다섯 명 중 하나다.

하여, 레지투이는 자신이 죽어간 친구들을 대신해서 사는 것이라고 생각한다. 현재 최고의 다큐멘터리 감독이자 유명한 소설가이지만, 그가 가장 애착을 갖는 이름은 시인이고 또 그렇게 불리길 원한다. 그의 시는 "전쟁이 안겨준 비애로 전쟁을 넘어서려는 정신의 바다를 이룬다"고 평가받는다.

그가 전선에서 만난 친구 중에 시인을 꿈꾼 이가 있었다. 전쟁터에서도 그는 틈만 나면 시집을 읽고, 시를 썼다. 그러나 수많은 동료들이 그랬듯이, 열아홉 살의 나이로 죽었다. 시인이 되고 싶었지만 시인이 되지 못한 채 죽은 그 친구의 이름이 '반레'였다. 전쟁이 끝난 이듬해 레지투이는 군복을 벗었고, 자신의 첫 시를 '반레'라는 이름으로 발표했다. 지금까지 레지투이의 모든 글은 '반레'라는 이름으로 세상에 모습을 드러냈다.

「존재의 형식」을 읽으며 '레지투이/반레'를 반복하여 되뇌다가 불현듯, 지난해 서울에서 만난 한 베트남 시인의 작품이 떠올랐다.

이른 아침 뜰에 나가 수련 꽃 땄네

폭탄 구덩이 아래 어머니가 심은 수련 꽃

아아, 어디가 아프기에 물밑 바닥부터

잔물결 끝도 없이 일렁이는가.

몇 해 지나 폭탄 구덩이 여전히 거기에 있어

야자수 이파리 푸른 물결을 덮고

아아, 우리 누이의 살점이던가

수련 꽃 오늘 더욱 붉네.(찜짱,「수련 꽃」전문)

「수련 꽃」은 '레이투지/반레'가 시를 통해 추구한, '전쟁이 안겨준 비애로 전쟁을 넘어서려는 정신의 바다'를 연상시키는 작품이다. "폭탄 구덩이"에 "누이의 살점"처럼 붉게 핀 "수련 꽃"의 이미지를 통해, 전쟁의 상흔을 아름답게 내면화하고 있는 시다. 지난 상처에 연연해 현실감각을 상실하지도, 그렇다고 과거의 슬픔을 망각하지도 않는, 균형 잡힌 시각으로 현재와 과거의 소통을 시도하고 있는 작품이다.

다시 「존재의 형식」으로 되돌아와서, 방현석은 이러한 시인의 '마음가짐'을 통해 우리의 삶을 되비추어 보라고 손짓한다.

베트남에 들른 문태는 그들의 궁핍한 현재의 삶을 일별하고, 제국과 싸워 승리한 그들의 투쟁을 떠올리며, "이렇게 살기 위해서 싸운 건 아니잖아요?"라고 묻는다. 시인은 소박하게 대답한다. "우리는 우리 세대가 해야 할 일을 끝냈을 뿐이지요. 다음 세대에게는 또 다음 세대가 해결해야 할 일이 기다리고 있지요." 일말의 부끄러움이나 궁색함이 없다. 과거나 현재나 시인을 지탱해 온 것은, '거창한 이념'이 아니라, 어머니가 가르쳐준, "누구한테서도 경멸받을 삶을 살아서는 안 된다"와 같은 '사소한 것'들이기 때문이다. 이를테면, "친구를 만나면, 먼저 어떻게 하면 이 친구와 즐겁게 지낼 것인가를 생각하는 마음가짐, 함께 지낼 때는 내가 어떻게 행동해야 헤어질 때 더 좋은 친구가 될 수 있을지를 생각하는, 뭐 그런 마음가짐" 같은 것 말이다. 그들은 공산주의 이념을 위해 싸운 것이 아니라, 인간다운 삶을 박탈하는 제국의 억압에 맞서 공산주의의 삶을 산 것이다. 여기에는 그 어떤 이데올로기가 개입할 여지가 없다. 인간답게 살기 위한 몸부림만이 존재할 뿐이다.

그들이 끝까지 지키려 한 이 '사소한 것'들이 인간다운 세상을 구성하는 밑거름이 아니겠는가? 인간답게 사는 것이 가장 어려운 덕목이 되어버린 냉혹한 시대, 「존재의 형식」이 아프게 던지고 있는 질문은, 무엇이 이 '사소한 것'들을 삼키고 있는가 하는 것이다.

49 김재영의 「코끼리」

"아무튼 돈도 좋지만 우린, 사람 대우, 그거 받고 싶어요. 돈 벌어 고향 간다고 해도 삼 년 겪은 일 삼십 년 악몽으로 남아 우릴 괴롭힐 거예요."

슈퍼마켓 한편에 놓인 간이탁자 주위에는 남자들이 둘러앉아 술을 마시고 있다. 바람이 이마를 건드리고 지나갈 때마다 소란스런 말소리가 들여온다. 한국어에다 러시아어와 영어, 네팔어까지 뒤섞인 그 기묘한 말은 내 고막을 건드리는 순간 한국어로 바뀌어 머릿속으로 미끄러져 들어온다. 그중에는 쿤도 앉아 있다. 쿤이 나를 알아보고 손짓한다. 가까이 다가가자 오징어 다리를 잘라 내 손에 쥐여 준다.

"러시안룰렛이야. 이번엔 팟의 손이, 다음엔 수언의 팔이 날아가는 거지." 몸집이 크고 얼굴이 시체처럼 하얀 우즈베키스탄 사람 세르게니는 손가락으로 권총 모양을 하고 맞은편에 앉은 이란 청년 샨에게 겨누면서 짓

궂게 말한다. "맞아. 하지만 누구든 당일 점심까진 웃고 떠들지. 심지어 졸기까지 하고. 쿤 너도 일하다가 졸았지?" 윗단추 두세 개를 풀어 가슴 털을 드러낸 샨은 소주를 입속에 털어넣으며 맞장구친다. "나 졸지 않았어. 그냥 좀…… 딴생각은 했지만." 쿤은 눈을 크게 뜨고 고개를 흔든다. "마찬가지야. 기껏해야 마리나 생각이겠지. 아무튼 그러다 갑자기 자기 차례 맞는 거야. 덜컹." 세르게니는 손으로 권총 쏘는 시늉을 한다. 샨이 가슴을 감싸며 옆으로 푹 쓰러진다. 쿤은 남의 애기 듣듯 낄낄거리며 웃는다. 그는 자기 앞에 놓인 소주병을 들어 필용이 아저씨 잔에 따른다. 머리카락이 빠져 정수리가 훤한 필용이 아저씨는 손사래 치며 취한 목소리로 말한다. "염병, 그만들 해라. 니들 쌀라대는 소리 땜에 내가 꼭 넘의 나라에 와 있는 거 같잖여. 니들, 이 나라가 워떻게 오늘날 여기꺼정 왔는 줄 아냐? 옛날에 내가 공장에서 일할 땐 손가락은 유도 아녔어. 팔뚝이 날아가고 모가지가 뎅경뎅경 했으니까." 아저씨는 곧게 편 손을 목에 갖다 대고는 세게 내려치는 시늉을 한다. "첨엔 시골에서 올라온 촌뜨기들이라 멋모르게 일했지. 하긴, 먹고살기 힘들 때였으니까. 인제 한국 놈들은 이런 데서 일 안 혀. 막말로 씨발, 험한 일이니까 니들 시키지 존 일 시킬려고 데려왔간?" 옛날이 떠올라서인지 아니면 술기운이 돌아서인지 아저씨 얼굴이 벌겋게 달아올랐다. "아무리 그래도 안전장치는 해줘야죠." 세르게니가 오징어를 물어뜯으며 말한다. "늬들도 자르면 피 나오고 누르면 똥 나오는 사람이다, 이거냐? 웃기는 소리들 마. 한국 놈들한테도 안 해준 걸 늬들한테라고 해주겠냐? 아니꼬우면 돌아가. 젠장, 어차피 늬들도 고국으로 돌아가서 공장 차리고 사장되려고 여기 왔잖냐. 노동자들을 어떻게 다뤄야 되는지 눈 똑바로 뜨고 배워 가. 다 산교육이여." 비야냥대는 필용이 아저씨 말에 쿤이 시무룩한 표정을 짓자 이번에는 세르게니가 볼멘소리로 대꾸한다. "아무튼 돈도 좋지만 우린, 사람 대우, 그거 받고 싶어요. 돈 벌어 고향 간다고 해도 삼 년 겪은 일 삼십 년 악몽으로 남아 우릴 괴롭힐 거예요." "맞아. 난 지금도 가끔 어릴 때 앞니 갈던 때 꿈을 꿔." 손가락으로 앞니를 가리키며 샨은 멋쩍게 웃는다.

❀

김재영의 「코끼리」는 외국인 노동자와 외국인 노동자, 외국인 노동자(아버지)와 조선족(어머니), 외국인 노동자와 한국인 노동자 사이의 배제·억압의 메커니즘과, 그 꼭짓점에 자리하고 있는 냉혹한 자본의 논리를 구체적으로 형상화하고 있는 작품이다. 이 작품은 자본의 논리에 알몸으로 노출된 이주 노동자 사이의 갈등을 시작으로, 이러한 갈등의 꼭짓점에 "리바이스 청바지와 나이키 점퍼"로 표상되는 신자유주의의 무국적 자본이 놓여 있다는 사실을, "너무 다양한 삶을 보아버린 열세 살"의 화자를 통해 폭로하고 있다.

먼저, 이주 노동자 사이의 갈등을 조금 엿보기로 하자. 파키스탄 청년 '알리'는, "막내아들의 심장수술 비용"을 마련하기 위해 한국에 온 '비재 아저씨'의 돈을 훔쳐 달아난다. 이 돈이 어떤 돈인가? 아들의 생명을 살리기 위해 악착같이 모은 돈이다. 또한 화자가 사는 마을에서 "돈을 모아 귀국"하는 유일한 인물인 "노랭이" '나딤 몰라'가, "사람 안 같은 놈"이라고 비웃는 동료들(외국인 노동자가 한국에서 돈을 모으기 위해서는 '사람임'을 포기해야 한다)을 향해 퍼붓는 욕설이나, 이 "노랭이"의 돈을 강탈하는 '비재 아저씨'의 모습은 이들 사이의 먹이사슬을 적나라하게 보여준다. 이들 사이에서 돌고 도는 돈의 먹이사슬은, 인간의 존엄을 포기할 수밖에 없는 외국인 노동자의 존재 조건을 여실히 반영한다.

특히 이들이 사용하는 말은 권력 관계를 표상하는 척도다. '나딤 몰라'의 욕설은 이를 잘 보여준다. "쿠달바차(개새끼)! 슈와레나차(돼지새끼)"로 표출되는 욕설은 '나딤 몰라'의 모국어로 제시되어 있다. 여기에서 모국어는 돈을 모아 고향에 돌아가는 자신과 그렇지 못한 타자를 구별해 주는 표지 역할을 한다. "사람 안 같은 건 니들이야, 새끼야. 언제까지고 돼지우리에 살 거잖아. 난 고향 돌아가면 새 집 짓고 새 이불에서 잠잘 수 있어. 큰 가게도 차릴 거고. 알겠냐, 이 돼지새끼들아"라는 발언 다음에 나오는 언술이기 때문이다. 이렇듯, 경제력(돈)은 한국에서 자신의 모국어(쿠달바차!, 슈와레나차!)를 당당하게 사용할 수 있게 하는 힘으로 기능한다.

한편, 화자의 어머니는 조선족이고 아버지는 네팔 출신의 노동자다. 한국에서 이들의 위상은 다르다. 어머니는 한국어를 사용할 수 있는 조선족이기 때문이다. 어머니는 언제나 '한국말'로 아버지에게 따졌다. 여기에서 한국말은 앞의 '나딤 몰라'의 욕설처럼 이들을 구별해 주는 언어적 지표다. 어머니는 "적어도 자신에게 수치를 주거나 학대하려 드는 사람들에게 한국말로 대꾸할 수 있"기 때문이다. 이렇듯, 언어는 경제력으로 인간의 가치를 서열화하는 근대 국민국가의 작동 원리(네팔인—조선족—한국인—미국인 사이의 위계질서를 생각해 보라! 외국인 노동자들이 한국어를, 그리고 한국인들이 영어를 배우려고 노력하는 모습을 떠올려보라!)를 보여주는 대표적인 상징이다.

그렇다면, 이주 노동자와 한국 노동자 사이의 갈등 양상은 어떤가? 한국 노동자의 입장을 표출하는 '필용이 아저씨'는 "사람 대우"를 받고 싶어 하는 이주노동자들에게 "웃기는 소리들 마. 한국놈들한테는 안 해준 걸 늬들한테라고 해주겠나?", "젠장, 어차피 늬들도 고국으로 돌아가서 공장 차리고 사장되려고 여기 왔잖냐. 노동자들을 어떻게 다뤄야 되는지 눈 똑바로 뜨고 배워 가. 다 산교육이여"라고 질타한다. 이 대목에서 한국인 노동자와 이주 노동자는 무국적 자본의 손아귀에서 경쟁 관계에 놓일 뿐이며, 한국의 노동 현실이 이들의 모국에서도 그대로 재현될 것임이 암시된다. 신자유주의의 무국적 자본은 이렇게 제3세계 약소자들의 무의식을 무한경쟁의 소용돌이 속으로 밀어 넣는다.

이렇듯, 「코끼리」는 세계화의 허울을 쓴 지구촌의 요지경을, 우리가 자유와 민주주의라는 이름으로 외면한 냉혹한 자본의 논리를 적나라하게 들추어낸다. 또 그럼으로써 우리의 내면 깊숙이 침전되어 있는 양심의 목소리를 소환한다.

'필용이 아저씨'의 말이나 '세르게니의 볼멘소리'가 두려우면서도 부담스러운 이유가 여기에 있다. "어쩔 수 없지 않느냐"는 변명(실은 그들보다 나은 삶을 영위하고 있다는 안도감일지도 모른다)으로 합리화한 근대적 일상의 메커니즘을 질타하며, 내면을 정직하게 응시하라고 채찍질하고 있기 때문이리라.

50 　박범신의『나마스테』

“세상이 화안……해요…….”

“그의 목소리가 산벚꽃 그늘에서 솟아오르고 있다. 산벚꽃 환한 그늘이 세상의 중심이다. 그 중심에 환하고 환하게, 그 사람 카밀이 있다.”

눈을 감으면 세상이 환하다.

그의 목소리가 언제 어디서나 들리기 때문이다. 이를테면 신산한 꿈자리에서 소스라쳐 깨어났을 때, 만원 전철의 손잡이에 매달려 전신이 가만가만 흔들릴 때, 먹을 때를 놓쳐 푹 퍼진 라면그릇의 잔인한 고추국물에 은회색 젓가락을 박아 넣을 때, 함부로 어깨를 부딪치며 지나친 남자의 터무니없이 드넓은 등을 노려볼 때, 그의 목소리가 내 속으로 들어와 나를 다독거린다. 비가 오거나 안개가 수상쩍게 빌딩 사이의 빈틈으로 흘러가거나 바람이 유난히 많이 부는 한밤엔 더욱 그렇다.

"세, 세상이 화안……해요."

그가 사방팔방에서 말하고 있다.

화안……엔 필히 방점을 찍어야 한다. 화……는 짧게 발음하고, 반음쯤 올려 안……을 길게, 발음하지 않는 것처럼 붙여주어야 그의 어조가 비로소 생생히 살아난다. 화안……이 투명하고 웅숭깊게 내 안을 울리고 나가, 마침내 멀고 먼 땅 끝으로 번져서, 그 울림에 의해 천지가 환해질 때까지, 내버려두는 게 좋다.

천지가 다 환하고 환하다.

(중략)

"세상이 화안……해요……."

그의 목소리가 산벚꽃 그늘에서 솟아오르고 있다. 산벚꽃 환한 그늘이 세상의 중심이다. 그 중심에 환하고 환하게, 그 사람 카밀이 있다.

내 사랑 카밀.

❀

사랑은 너와 나의 '하나됨'을 지향한다. 그것이 불가능하다는 사실을 알고 있지만, 인간은 끊임없이 '사랑'을 갈구한다. 그래서 사랑의 보금자리는 '인간'(가능)과 '인간 너머'(불가능) 사이 그 어딘가에 둥지를 트는지도 모르겠다. 사랑이 온전하게 통제되지 않는 것도, 손에 잡힐 듯하면서도 잡히지 않는 것도, 그래서 더더욱 간절하고 신비로운 것도, 이렇듯 인간 존재의 유한성을 함축하고 있기 때문이리라.

요즘 '사랑'이 왜곡되는 장면을 종종 목격한다. 특히, '베트남 처녀와 결혼', '북한 처녀와 결혼' 등의 선전 문구는 저절로 눈살을 찌푸리게 한다. 사랑과 결혼이 거래의 일종으로 전락했다는 사실을 인정하더라도, 이건 너무한다 싶다. 빈부의 격차가 바야흐로 국경을 넘어(세계화의 탈을 쓴 신자유주의의 논리로), 국가와 국가 사이의 불균등한 관계를 노골적으로 강요하고 있는 형국이다. 경제지표가 낮은 나라 사람이라고, 피부색이 다르기 때문에, 가진 것이 없다는 이유로 아무렇지도 않게 상대를 무시한다. 이러한 풍토가 국제결혼이라는 이름으로, 사랑과 결혼을 그럴듯하게 포장하기에 이르렀다. 세계화의 가면을 쓴 부정적 근대의 메커니즘을 보여주는 대표적인 사례다.

여기 네팔에서 온 외국인 노동자 '카밀'을 사랑하는 한 여자가 있다. 그녀와 '카밀'의 사랑은 위와 같은 우리 사회의 부끄러운 이면을 곱씹어보는 계기를 제공한다.

박범신의 『나마스테』에는 국경과 언어, 경제적 불균형을 넘어, '세상'을

'화안'하게 밝히는 '사랑'의 실루엣이 음각되어 있다. 작가는 타자의 어조를 생생하게 되살리는 데서 사랑을 시작한다. 이는 한국어에 연인의 감성을 싣는 것(포개기)에 다름 아니다. 인용문의 말줄임표와 쉼표는 이주 노동자(카밀)의 어조를 생생하게 되살리는 데 기여하고 있다. 이러한 말의 실감을 통해 타자의 어조는, "투명하고 웅숭깊게 내 안을 울리고 나가, 마침내 멀고 먼 땅 끝으로 번져서 그 울림에 의해" 우리를 환하게 비춘다. 얼마나 실감나고 아름다운 문장들인가. 자 눈을 감고, 작가가 제안한 방식으로 "세, 세상이 화안……해요"라고 발음해 보자. 사람과 사람 사이의 아름다운 다리를 놓는 소통의 시작이고, 억압적 근대 메커니즘 너머의 소통을 지향하는 사랑의 주문이 들리는가? 그렇다면 당신에게도 사랑이 시작되고 있는 것이다.